SÉRIE NOIRE

Collection créée par Marcel Duhamel

DANÜ DANQUIGNY

PETER PUNK AU PAYS DES MERVEILLES

nrf

GALLIMARD

Sonné(e)

Dans l'habitacle sombre envahi de fumée,
Une gorge s'agace sous une pluie d'aiguillons,
Un corps endolori cherche sa position,
Les oreilles accrochées au vieux poste embarqué.

Le silence électrique d'un seul coup est crevé,
On jubile au sortir d'une perquisition :
C'est plié, emballé, le coupable a un nom.
Un stylo bille s'anime dans une main gantée.

Et griffonne très vite sur un petit calepin
Les noms, les numéros de ce ressort soudain,
Inespérée issue d'une nuit irréelle.

La radio est éteinte, remisée sous le siège,
Elle rejoint discrètement le stylet sacrilège.
Et un souffle susurre : Qu'est-ce que c'est qu'ce bordel ?!

1

I fought the law

I needed money 'cause I had none
I fought the law, and the law won

I Fought the Law, THE CLASH

Cette fois mon vieux, pour de bon, tu te tiens à carreau. Terminé les conneries, les coups de sang, les coups de gnôle, les coups de main aux copains, même quand ils essaient de t'avoir à la mauvaise conscience. Surtout quand ils s'amusent à ça. Et tu ne règles pas tes comptes. Tant pis, tu te carres l'ardoise bien profond, et t'oublies tous ces connards. Cent quatre-vingt-trois putains de jours, autant de nuits, t'as eu le temps d'y penser. Tu laisses tomber, tu rentres chez toi, tu te changes, tu cherches un boulot et tu retournes à ton existence minable et anonyme. Tu picoles pas. T'arrêtes de fumer. Tu bouffes la merde qu'on jette dans ta gamelle et tu fermes ta grande gueule de grand con. Tu l'ouvres que pour dire merci.

Un gardien grassouillet, le visage couvert d'un masque qui a tout du vieux slip, taches comprises, marche devant moi le long de l'allée goudronnée. On transpire de conserve sous le vent brûlant qui nous assèche les globes. Je jette malgré moi un dernier coup d'œil aux bâtiments dégueulasses qui ont constitué mon seul horizon ces derniers mois. Les tours de surveillance, la pelouse galeuse, ce bâtiment sur lequel s'étale un *gwenn ha du* et des hermines. *Breizh cola*, *From Breizh*, *À l'aise Breizh*, *Breizh com*, *Natura Breizh*, le délire régionaliste vient s'étaler jusque sur les murs des prisons, des prisons bien de chez nous, cuisinées au beurre salé, trempées dans le chouchen, cent pour cent pur porc.

Dans un bourdonnement sourd, un panneau se découpe dans la massive porte métallique. Le maton se racle la gorge et me colle une main paternaliste sur l'épaule.

— Et bonne chance, dehors.

Ce geste, c'est presque une transgression dans le monde sans contact dans lequel on est entrés depuis le printemps. Humanité, mépris, force de l'habitude, je n'arrive pas à trancher. Alors je dis merci, et je laisse derrière moi ces constructions laides bâties sur un ancien abattoir – ça ne s'invente pas – pour gagner une rue triste, garnie de préfabriqués et d'entrepôts. Je navigue à vue d'un concessionnaire auto à un parking, me faufile entre deux poids lourds garés à cheval sur le trottoir. Mes yeux ne rencontrent que des grillages, des barrières, des parois de tôle et de verre blindé. De retrouver le dehors aussi moche que le dedans, ça me gâche un peu le goût de la liberté.

Au milieu de ce grand rien, une affichette délavée fixée de travers sur un pauvre poteau m'indique que le prochain bus pour la ville passera dans plus d'une demi-heure. Et pas un soupçon d'ombre à l'horizon. Je puise dans mes poches mon paquet de tabac tout neuf, précieusement conservé en prévision de cet instant unique. Je roule ma première cigarette d'homme libre.

Au moment précis où, à force d'acharnement, j'arrive à obtenir une flamme de mes allumettes fatiguées, une bagnole pile dans un crissement de pneus juste devant moi. Les quatre portières s'ouvrent à la volée sur autant de flics en civil. J'en reconnais deux. Je ne suis pas certain pour les autres. Plus le temps passe, et plus je trouve qu'ils se ressemblent tous. Immédiatement derrière leur caisse banalisée, un fourgon d'intervention déverse une demi-douzaine de CRS en tenue de guerre. Et tout ce petit monde converge vers moi. J'allume ma clope et aspire goulûment une profonde bouffée.

— Vous êtes sûrs que vous êtes assez nombreux ?

Un civil plus jeune que moi, celui qui doit être le chef, dégaine une paire de menottes et vient m'aboyer sous le nez.

— Desmund Sasse, je suis le lieutenant Monigote, du SRPJ. Il est midi dix-sept et, à compter de cet instant, vous êtes placé en garde à vue. Vous avez le droit de garder le silence, vous pouvez vous faire assister d'un avocat…

— C'est bon, je connais la musique. Vous m'embarquez pour quoi ?

— On vous emmène au commissariat. Vous aurez tous les détails sur place.

— Je peux finir ma clope ?

Un type au front épais, dans un costard trop serré, la fait voler d'une pichenette. Monigote me passe les pinces dans le dos et me pousse vers le fourgon. Une putain de bonne journée qui commence.

— Allez, il faut crever l'abcès, rouquin. De toute manière t'es cuit.

Cette ville me tuera un jour ou l'autre. En attendant, la douce cité de Morclose se contente de me démontrer le panel de vexations et de brimades qu'elle est prête à dispenser à ceux qui en valent la peine, à la cohorte de riens qui peuple ses entrailles et dont j'ai le déshonneur d'être un rejeton presque anonyme.

Le flic qui m'interroge, Monigote, a une drôle de touche pour un poulet. Moulé dans une marinière Armor chic, il a le teint hâlé et la poitrine large de ceux qui pratiquent avec régularité une activité de plein air. Sa chevelure brune est domptée par un épandage inconsidéré de gel « effet mouillé » et il arbore une barbe d'une semaine soigneusement entretenue à la tondeuse. Il n'a pas plus de trente ans, mais une absence totale de lumière dans le regard le rend vieux. Je devine qu'on ne va jamais faire la tournée des bistrots ensemble. De toute manière, je ne fais plus ce genre de choses. Les mains dans les poches, il marche d'un bout à l'autre dans la pièce exiguë. Au passage, il colle un coup de genou dans le dossier de ma chaise en plastique. Il espère que je vais tout cracher. Je ne sais pas trop bien ce qu'englobe ce « tout ». Alors, dans un soupir, je lui sers la même réponse, celle que j'oppose à toutes ses questions depuis qu'il me parle :

— Je veux voir mon avocat.

Une veine palpite sur sa tempe. Il abaisse son masque pour s'offrir un peu d'air. Les muscles de ses mâchoires sont tellement tendus que j'ai l'impression d'avoir Stringfellow Hawke en face de moi. Il pose ses deux mains aux ongles parfaits sur mes accoudoirs et approche son visage à quelques centimètres du mien.

— On te tient, tu m'entends ? Ton petit copain s'est fait serrer, il va prendre vingt ans, c'est impossible qu'il s'en sorte. Et toi, tu vas suivre. Pas parce que je t'aime pas ou parce que j'en ai après toi. Non, tu vas y avoir droit parce que t'es trop con. On a son téléphone, tous les échanges que vous avez eus.

Je devrais sans doute réagir ou paniquer. Ça n'est pas le cas. Ce qui me gêne par-dessus tout, c'est son haleine chargée. Café, bœuf à l'échalote, pastille de menthe. Et je ne comprends rien à son histoire.

— Je veux voir un toubib, aussi. Ça fait des heures que je mijote dans vos geôles dégueulasses. Le type en bas a confisqué tous mes trucs.

Monigote hausse les épaules.

— Il va falloir prendre ton mal en patience, les médecins ont lancé un mouvement de grève. Mais si tu craches le morceau, je pourrais bien te faire emmener à l'hosto.

— Y a une grève des avocats, aussi ?

— Une surcharge. Encore une manifestation dehors, et des tas de casseurs et de fouteurs de merde en cage. On est tous à cran, aujourd'hui, et tu me tapes sur les nerfs. Alors rends-toi service, sois mignon et arrête de chiquer.

Dehors, un mauvais vent du sud souffle, sec et chaud, de ceux qu'on n'a pas souvent par ici et qui électrisent l'air et les humeurs. Il agace la peau et porte la promesse de soirées qui finissent mal, de coups échangés à la sortie des bistrots et de brutalités gratuites derrière des fenêtres closes.

De grosses gouttes de sueur perlent sur le front de Monigote. Il s'évente avec ma fiche signalétique. Je remue sur ma chaise pour chasser les fourmis qui tentent de s'installer dans mes jambes. Ça me fait raisonnablement mal, juste assez pour me tirer un grognement. Le petit lieutenant pose une main sur mon épaule. Ça me rappelle un peu le geste du gardien, mais lui y met moins d'humanité et beaucoup plus de violence.

— Va sans doute falloir se montrer plus convaincants…

Sous la pression, un élancement vicelard traverse tout mon bras gauche et m'arrache un petit gémissement et un morceau de ma dignité. J'ai beau serrer les dents aussi fort que je peux, une larme brûlante éclôt au coin de mon œil, et avec elle une pointe de rage. Je force ma respiration saccadée à revenir à la normale. Mes yeux accrochés à ceux de Monigote. C'est pas le moment de vriller. Pour une fois que j'ai rien fait.

La porte du bureau s'ouvre sur une femme au nez en patate qui sue sa graisse dans un t-shirt blanc. Elle me regarde à peine, comme si j'étais un étron sur le trottoir.

— Son avocat est arrivé. Il est remonté comme une toupie. Il veut le voir. Maintenant.

Il a beau être au bout du couloir, j'entends jusqu'ici sa voix éraillée qui peste et vocifère. Rarement musique aura été aussi douce à mes oreilles. Simon.

Simon et moi, ça remonte à loin, tellement loin que j'ai parfois l'impression que c'est depuis toujours. Mais toujours, c'est vraiment long, et y a que Corynthe à cette place-là. Simon et Justin, c'est ce qu'on appelle des amis de la première jeunesse, de ceux avec lesquels on a des souvenirs d'anciens combattants et des intimités franches.

Je sortais d'une enfance qui, sans être difficile, m'avait déjà donné à voir un panel assez étendu des crasses qu'elle tenait en réserve pour les enfants pas sages, et puis pour les autres aussi. Le malheur, ça ne se joue pas au mérite. J'avais grandi un peu comme je pouvais, sans ma mère, qui avait eu la drôle d'idée de mourir un dimanche de novembre. Mon père, ce blaireau au sourire aigre-doux, m'avait élevé, si on peut dire ça, tout seul. Avec le recul, je me dis que c'était pas forcément un mauvais mec, mais ce boulot de père célibataire, sûr, il était pas taillé pour. Son truc à lui, c'était le karaté. Il avait dû gagner quelques titres, dans un passé dont je n'ai pas le souvenir, et comme il connaissait rien d'autre, il faisait le sensei de seconde zone dans des petits clubs, à droite, à gauche. Il avait pas le rond pour me coller chez une nounou, alors dès que j'étais pas à l'école, il me trimballait dans ses cours, ses stages et je faisais mes devoirs tant bien que mal sur un coin de tatami dans l'odeur de la sueur, au milieu des kiai et des chairs meurtries. Il s'embarrassait pas du décorum philo-zen qu'on trouve dans le do. Non, mon vieux, il était plus du genre Kreese que Miyagi, et quand il me demandait de laver sa bagnole, il en avait rien à carrer que je fasse des petits cercles ou des grands, ce qu'il voulait, c'est qu'elle soit propre.

Y a pire endroit qu'un dojo pour pousser, c'est sûr. Dès que j'avais pu marcher, mon père, il m'avait enfilé un kimono. Moi, gamin, jouer à la bagarre, ça me plaisait bien, comme tous les garçons, j'imagine. Sauf que c'est moins marrant quand c'est votre père qui fait le prof.

Mes techniques étaient jamais assez propres, ma garde jamais là où il fallait, mes katas toujours trop lents ou trop rapides. Et comme je devais rester le temps qu'il termine tous ses cours, je me bouffais la double, la triple ration d'entraînements. À quinze piges, j'avais déjà cassé assez de planches pour construire une petite maison, et j'avais traversé les classes sans qu'aucune des petites brutes qui tapissent les cours de récré ne s'essaie plus d'une fois à faire de moi son souffre-douleur.

Quand je n'étais ni devant un *makiwara*, ni à l'école, ni dans la caravane pourrie posée entre les allées bétonnées d'un anonyme camping vendéen où mon père me traînait dès que l'été pointait le bout de son nez, je jouais avec les autres mômes du quartier, et surtout avec Corynthe. Elle avait deux ans de moins que moi et, d'aussi loin que je me souvienne, je crois bien que j'ai toujours été amoureux d'elle. Sa mère aussi, elle était morte, ou tout comme. Elle était tombée dans la salle de bains et s'était relevée six mois plus tard avec quelques cases en moins. Depuis, elle végétait à la clinique de la Survivance, chez les fous, et, à ma connaissance, elle en est jamais ressortie. Pour les points communs, ça s'arrêtait là. Corynthe, elle avait une sœur de mon âge, Céline, sympa dans le genre bêcheuse, et un petit frère qui passait son temps à chouiner. Son père à elle, il était médecin et je crois bien qu'on aurait pu entrer toute notre baraque dans leur garage. Pour autant, ça sentait la tristesse, chez eux, et même pire que ça. Il s'y passait des trucs qui me filent encore des nausées. Je le savais, parce que Corynthe m'en parlait. Et quand moi j'avais raconté ça à mon père, il avait haussé les épaules et m'avait dit que ça nous regardait pas, les affaires des autres. J'avais pas dû choisir le bon moment. Seulement, y en avait pas d'autres. Un matin, les flics ont embarqué son docteur de père, et une dame un peu vieille, qui parlait doucement, a emmené les trois enfants loin de cette maison de cauchemar.

Faut pas croire qu'il transpirait le bonheur, mon vieux. Dès qu'il était plus sur un tatami, il savait pas quoi foutre de sa peau. Alors il picolait, il passait ses soirées devant la télé et, des fois, quand je me relevais la nuit pour aller pisser ou boire un peu d'eau, je le trouvais dans le salon en train de chialer sur sa vie de raté en regardant notre vieil album photos, le seul où je pouvais encore voir ma mère. Et s'il m'apercevait, j'avais droit à un numéro interminable, plein de pathos, où il finissait toujours par me faire promettre de bien travailler à l'école pour pas devenir un pauvre type comme lui.

C'est ce que j'ai fait. Pas tellement pour lui faire plaisir, d'ailleurs, môme, on s'en fout de ces trucs-là. Mais parce que j'ai très vite pris conscience que mon héritage se résumerait à un bon *tsuki*. Avec ça comme bagage, et un ascenseur social qui sentait déjà bien le sapin, si je voulais pas finir comme lui, ma seule échappatoire, ça serait les études et un concours de catégorie A.

J'avais des facilités, j'étais bûcheur comme pas deux, et j'ai eu mon bac avec un an d'avance. Vu notre situation plutôt précaire, j'ai eu droit à une bourse, et quand le loyer de ma piaule en cité U était payé, il me restait de quoi me nourrir presque à ma faim, si je faisais gaffe. Mais cette chambrette exiguë, elle avait un parfum particulier, celui de la liberté. Pour compléter le tableau, et aussi pour faire chier un peu mon père, faut être honnête, j'avais troqué mon kimono contre une paire de gants de boxe.

C'est à cette époque que j'ai rencontré ceux qui allaient devenir mes potes, sur les bancs de la fac de droit de Morclose. À l'entrée d'un amphi blindé, pour être exact.

C'était le début de l'année universitaire, les salles de cours affichaient complet, et les étudiants prévoyants venaient en avance pour trouver une place assise. Je ne figurais pas au nombre de ceux-là, et à mon arrivée, tous les sièges étaient occupés, strapontins et marches compris. Deux types aussi en retard que moi cherchaient des yeux un recoin où poser même un bout de derrière. En vain. On s'est regardés, un peu penauds. Le maigrichon, qui semblait plus dégourdi que nous, s'est esclaffé.

— Ben les mecs, on dirait bien qu'on va rater le cours d'introduction au droit public. Lui c'est Justin, moi Simon.

Le grand type brun a souri et haussé les épaules. J'ai soupiré avant d'en faire autant.

— Desmund. Ça commence bien. Qu'est-ce qu'on va foutre ?

L'œil de Simon s'est allumé. Au fil des années, j'ai appris à reconnaître, à apprécier et à me méfier de cette lueur qui anime encore sa pupille. Elle est toujours annonciatrice d'une connerie imminente, basée sur une philosophie de l'excès où même trop n'est jamais assez.

— On va boire un coup.

Et c'est ce qu'on a fait. Cette fois-là et beaucoup d'autres, pour mener de front un double cursus en droit et biture, mention droit pénal et cuite de longue durée.

Vingt-cinq ans plus tard, dans un bureau dépouillé mis à notre disposition par l'hôtel de police, Simon Cachin, avocat pénaliste spécialisé dans la défense des petits et des gros trafiquants – il les aime bien parce qu'ils paient en liquide –, sort une flasque de la poche intérieure d'une veste de bonne facture à motif écossais. Il s'en envoie une longue rasade avant de me la tendre.

— Merci, Simon. J'ai arrêté de boire le matin.

— Il est dix-neuf heures trente.

— J'ai étendu ma définition du matin.

Il revisse soigneusement le bouchon et remet le flacon à sa place.

— Tu devais pas sortir après-demain ?

— Si. Mais on m'a dégagé en fin de matinée. Ils m'ont

dit qu'ils avaient besoin de place. Les bourrins m'attendaient à la sortie.

— Les salauds. Ils t'ont cogné ?

— Pas vraiment, mais Monigote me donne l'impression de vouloir essuyer ses chaussures à clous sur ma gueule.

— Ouais, ce mec a la gaule dès qu'il entend ton nom. T'es là depuis combien de temps ?

— Depuis midi, à peu près.

— Désolé d'arriver si tard. Ces fumiers ont mon portable, mais ils se sont bien gardés de s'en servir. Ils ont appelé au bureau, et mon secrétaire est encore en arrêt. Ça fait longtemps qu'ils t'auditionnent ?

— Pas trop. Une heure ou deux. Ils m'ont laissé au trou un bon moment.

Il ouvre un moleskine, le feuillette rapidement.

— Bon, y a pas grand-chose sur le P-V de notif, et c'est tout ce que j'ai. Qu'est-ce qu'ils te reprochent ?

C'est un des trucs de Simon. Il ne demande jamais à ses clients « qu'est-ce que vous avez fait ? ». La procédure, pour lui, c'est un casse-tête à résoudre, et son boulot consiste à battre ceux qui la montent.

— Je ne suis pas certain. Apparemment, je suis complice de meurtre.

Il enserre son nez aquilin du bout de deux doigts longs, secs et jaunes.

— Continue.

— J'aurais eu des échanges téléphoniques avec un type que je connais pas, Richard Merle.

Il émet un long sifflement aigu qui me vrille les tympans.

— Desmund, nom de dieu, tu t'es bien mis dedans, là. Ça fait quoi, un an que t'es revenu ?

— Même pas.

— Depuis que t'as ramené ta grosse gueule, t'as réussi à te coller dans les affaires du Grec, à passer six mois en cabane, et maintenant ça.

Je tousse dans ma main.

— Le Grec, c'était pas ma faute, en quelque sorte une mauvaise pioche, j'ai pas eu le pot. Et pour Merle, je ne connais pas ce type, je n'en ai jamais entendu parler.

Son visage se fige et il se penche vers moi suffisamment près pour que je puisse compter les gouttelettes de sueur acide qui perlent de chaque pore de sa peau.

— Et Léonard Caprian, ça te parle ?

Quelque chose de moche remue au fond de moi, le relent de souvenirs enfouis pour de bonnes raisons.

— J'ai connu un Léo Cap dans le temps. C'est le même ?

Simon acquiesce en silence. Léo Cap, c'est un type qui trimballait sa casquette Mao dans les amphis. Il faisait dans le syndicalisme étudiant. On n'a jamais vraiment été copains, encore moins après son arnaque au shit coupé, dans laquelle j'avais donné comme à peu près tout le monde. Mais ça remonte pas mal, et il me reste de lui l'image d'un type qui se croit plus malin qu'il ne l'est, avec des dents tellement longues qu'on pourrait s'en servir pour labourer un champ d'artichauts.

— Une vraie petite merde. Je l'ai pas revu depuis la fac et sa carambouille de pneu. Qu'est-ce qu'il est devenu ?

— Il a été retrouvé mort cette nuit, dans son bureau.

Ça me fiche quand même un coup. J'essaie d'emboîter le peu d'informations dont je dispose.

— Et c'est ce Richard Merle qui l'a plombé, c'est ça ?

— Suriné. Caprian s'est fait planter. Comment tu connais Merle ?

— Je le connais pas, je t'ai dit. Monigote a lâché un truc, à propos de son téléphone et des échanges qu'on aurait eus.

— Il a pas été plus précis ?

— Non. Il a surtout essayé de me faire parler sans trop m'en dire.

Simon ouvre à nouveau son moleskine, fait apparaître un stylo à encre et pointe un doigt inquisiteur vers moi.

— On reprend au début. T'avais un téléphone en prison ?

C'est marrant, mais je ne me suis même pas posé la question.

— Vous allez immédiatement relâcher mon client.

Simon lui jette ça à la figure en entrant dans son bureau en guise de bonjour. À en juger par le rictus coincé du lieutenant, ce n'est pas la première fois que mon avocat de copain vient lui bousiller une affaire. Il ne se démonte pas.

— J'aimerais bien voir ça, maître. Votre client, là, s'est mis dans un sacré pétrin. On l'a à l'œil depuis l'histoire du Grec.

Simon lève une main pour l'arrêter.

— Une histoire dans laquelle il semble que je doive vous rappeler que mon client est une victime.

— Il a été condamné.

— Pour s'être trouvé mêlé à une rixe. La condamnation a surtout servi à justifier sa détention préventive, vous le savez aussi bien que moi.

— C'est pas clair.

— Pour vous, peut-être pas. Pour la justice, beaucoup plus. Il a purgé sa peine, pour une histoire qui n'a absolument rien à voir avec ce qui vous intéresse. Vous seriez bien avisé de vous en souvenir.

Monigote jette un œil par la fenêtre et soupire.

— La question n'est pas là, de toute manière. Votre client est probablement complice d'un homicide volontaire. Il refuse de coopérer. Ça ne me surprend pas, mais ça ne va pas l'aider.

J'ouvre la bouche, mais Simon me colle un coup de coude dans les côtes.

— Ça a tout à voir, au contraire. Mon client ne connaît pas ce Richard Merle, il vous l'a dit. Vous avez quoi pour établir un lien entre eux ?

Les lèvres de Monigote s'étirent en un large sourire satisfait.

— La fadette du portable de Merle. En deux semaines, il a appelé votre client pas loin d'une douzaine de fois. Dont deux cette nuit.

— Il a appelé sur le téléphone de mon client ?

— C'est ce que je viens de vous dire.

— Est-ce que mon client avait son téléphone quand vous l'avez interpellé ?

— Non, mais ça prouve rien.

— Est-ce que vous savez pourquoi il n'a pas son téléphone avec lui ?

— Il a dû le balancer.

Simon se tourne vers moi et me gratifie d'un clin d'œil appuyé.

— Absolument pas. Si mon client n'a pas son téléphone, c'est parce que vous l'avez saisi quand vous l'avez arrêté, il y a six mois. Il doit toujours être sous scellés, quelque part dans ce commissariat.

Le sang de Monigote vient de quitter son visage pour aller se planquer quelque part.

— Je ne comprends pas…

Simon enchaîne.

— C'est bien ce que je pensais. Vous direz au commandant Brincourt de mieux suivre ses dossiers. Vous n'avez aucune raison solide de retenir mon client.

— J'ai toutes les raisons du monde…

La voix de Cachin baisse de deux tons.

— Vous avez peau de balle. Vous le libérez maintenant ou je vous attaque pour arrestation arbitraire, harcèlement et violences volontaires.

— Violences ? Mais bon sang, je t'ai pas touché, sale petit enculé.

— Et j'ajouterai injure et diffamation.

Monigote se donne l'air occupé en fouillant dans une impressionnante masse de feuillets. Au bout d'un moment assez long, où le silence pesant n'est perturbé que par le bruit des pages qui se tournent, le fonctionnaire lève vers nous des yeux dont la vivacité n'a rien à envier à ceux d'une carpe qui flotterait ventre en l'air. Ses mâchoires semblent sur le point d'exploser. Finalement, il décroche le combiné du téléphone et enfonce un bouton sans me quitter du regard.

— Commandant, c'est Monigote. On dirait bien qu'y a un problème... Non. Comment ? Pas bon. Mais... Non, je... Avec le baveux ? Mais l'autre... D'accord.

Il raccroche et pousse un long soupir avant d'articuler comme si on lui avait collé des punaises sur la langue.

— Maître, voulez-vous bien m'accompagner dans le bureau du commandant Brincourt ?

Puis il pointe un index vengeur vers moi :

— Toi, tu bouges pas.

Je m'assieds sur la mauvaise chaise, montre ma jambe.

— Ça risque pas. J'ai des fourmis dans les pattes. Et

pour être honnête, finalement, je suis en train de passer un bon moment.

Monigote hausse les épaules et sort en maugréant dans sa barbe de gravure de mode. Simon s'efface et lui emboîte le pas.

Je me retrouve seul dans la petite pièce aux murs surchargés. Le vent fait vibrer les vitres crasseuses et apporte jusqu'ici le murmure de la rue, de ses protestations, un grondement qui s'amplifie. Je compte jusqu'à dix, puis jusqu'à vingt. Comme personne n'arrive, je me lève et contourne le bureau. Tel que je suis placé, je pourrais donner le change en disant que je regarde par la fenêtre. Mais je n'en fais rien. Au lieu de ça, je parcours rapidement le dossier. Je pousse même l'audace jusqu'à chiper une feuille vierge dans l'imprimante et à prendre quelques notes. Puis je plie le papier et le fourre dans ma poche.

Quand ils reviennent, ils me trouvent presque comme ils m'ont laissé, plus riche d'une page et d'un peu de sueur acide. Simon agite son sourire goguenard et son nœud papillon sous le visage contrit de Monigote, qui me fixe en secouant la tête, incrédule.

— Tu peux aller récupérer tes affaires pendant que je tape ta sortie. Tu t'en tires bien aujourd'hui, mais on va se revoir bientôt.

— J'espère bien que non. L'accueil est déplorable, les sièges trop durs, et vous avez mauvaise haleine.

— Fais pas le malin, Sasse. Et dégage de mon bureau.

Dans l'ascenseur, Simon éclate de rire.

— T'aurais dû voir la soufflante que Justin lui a collée. Un régal.

— Je ne suis pas sûr que j'aurais aimé ça. Monigote est un con, mais ça ne m'a jamais fait marrer de voir un type se permettre d'en pourrir un autre parce que soi-disant il compterait plus dans l'échelle sociale. En plus, à ce que j'ai compris, le commandant Brincourt, « mon pote Justin », ça lui allait bien de me remettre au trou, avant que tu ne leur foutes le nez dans leur merde.

Simon pince les lèvres.

— Arrête ton numéro, c'est pas comme si t'étais un ange. C'est pas un mauvais mec, toi non plus. Si on cassait la croûte tous les trois ?

Je ne réponds pas. Après la fac, Simon a pris la robe, Justin est devenu flic, et moi… ben tout ne se passe pas toujours comme on voudrait. J'avais visé haut, sans doute trop. Et je me suis pris les pieds dans tout ce que je pouvais, jusqu'à atterrir dans le caniveau. Pour compléter le tableau, je me suis convaincu pendant des années que c'était ma place. Et même maintenant que je me tiens à carreau, il y a toujours un morceau de moi, bien enfoui, qui ne demande qu'à y retourner.

Au niveau des geôles, un poulet tellement obèse que même ses cheveux ont du cholestérol place devant nous la caisse en bois qui contient mes affaires : un portefeuille garni en tout et pour tout d'une carte d'identité et d'une carte Vitale, toutes deux neuves ; un anneau où sont accrochées trois clefs : celle de mon appartement, celle de ma boîte aux lettres et le vieux passe PTT que je traîne avec moi depuis des décennies ; les lacets de mes Doc ; une ceinture en skaï qui s'effiloche ; une paire de gants de cuir noir ; une tablette de paracétamol à la codéine ; quatre billets de cinquante euros, trois billets de vingt, deux billets de dix et un peu de monnaie ; mon paquet de tabac à rouler, quelques allumettes et un morceau de grattoir.

Je récupère le tout et enfile mon manteau qui a connu des jours meilleurs. Il n'est plus vraiment noir, plutôt gris sale, usé jusqu'à la trame et la couture de l'épaule, qui s'est fait la malle, laisse pendouiller un morceau de l'étoffe.

Simon me regarde de haut en bas. Par réflexe, il touche le revers de son costume hors de prix.

— Pourquoi tu m'as pas demandé de passer chez toi récupérer quelques fringues ?

— Peut-être parce qu'ils ne m'ont pas laissé t'appeler ?

— Non, avant, quand tu étais en taule.

— J'y ai pas pensé. Et je devais sortir dans deux jours, seulement.

— La prochaine fois qu'on se voit, je t'offre un trench-coat digne de ce nom. Ton truc, là, on dirait une robe de chambre. Ça va si tu rentres tout seul ? J'ai un autre client dans les murs.

— Aucun problème. Et Simon…
— Ouais ?
— Merci. Je t'en dois une.
— Tu m'en dois plusieurs. Chez Marv.

Il m'adresse un clin d'œil et disparaît dans l'ascenseur.

Simon, au fond, pense exactement la même chose que Justin. Ils ont une appréhension morale différente, mais ils se disent que j'ai encore fourré mon nez dans un truc qui me regardait pas, que je passe mon temps à chercher les ennuis, par goût, par sentiment autodestructeur ou une autre de ces conneries qui se jouerait dans mon crâne sans que je m'en rende compte. Corynthe – toujours elle – avait compris, avec son intelligence de la souffrance. Je la vois encore me le dire, fumant nue sur le plumard d'un hôtel du centre-ville en effleurant ma collection de cicatrices : *Desmund chéri, t'es un aimant à emmerdes*. Ça fait, quoi, quinze ans ? Plus ? Pas encore vingt, en tout cas.

De penser à elle, ça réveille des douleurs tapies en embuscade, à côté desquelles ma journée de merde et les six mois que je viens de passer sont une rigolade. Je traîne la patte dans le couloir bondé, jusqu'à une fontaine à eau. Elle est tiède et pue le plastique.

Une bourrasque brûlante fouette mon visage et fait claquer les pans de mon manteau lorsque je franchis les portes. Le souffle piquant escalade mes sinus, assèche mes yeux, ma gorge, ma bouche. Je descends doucement les quelques marches qui mènent sur la cour intérieure où s'entassent des dizaines de voitures, civiles et sérigraphiées. À l'extrémité qui donne sur l'extérieur, un cordon de chiens de garde de la République, armurés, casqués, armés de matraques, de gazeuses et de LBD, surveille le troupeau bigarré qui défile devant eux. Les trottoirs et la rue sont envahis par plusieurs groupes munis de banderoles, des autocollants syndicaux sur la poitrine. Beaucoup ont passé leur gilet de sécurité routière rétroréfléchissant. Des gilets jaunes, pour la plupart. Des capuches et foulards noirs fleurissent au milieu de vestons fluorescents.

Arrivé en bas, j'entreprends de rouler la cigarette que je n'ai pas eu le temps de fumer ce matin.

Je craque une allumette et ma tête se fait légère. Magie du manque tabagique. Comme pour me gâcher le plaisir, Monigote surgit du bâtiment. Avec le pot que j'ai, il a trouvé une nouvelle crasse à me mettre sur le dos. À sa suite, deux costauds en uniforme encadrent un gamin. Il a vingt-cinq ans à tout casser. Quelques mèches de ses cheveux noirs plaqués par la sueur sur son front tombent devant ses yeux cernés. Son visage a le teint pâle de ceux qui ne voient pas beaucoup le soleil. Il porte un t-shirt noir frappé d'un oiseau de proie bleu sur la poitrine, une paire de jeans noir et des Converse de la même couleur, sans lacets.

Son regard tendu s'accroche au mien. Je lui trouve un

air vaguement familier, rien de vraiment précis, à peine l'ombre d'une réminiscence, comme la gueule d'un type qui aurait habité le même quartier, ou fréquenté de loin en loin le même bistrot, des années auparavant. Partagé entre l'envie de lui demander ce qu'il me veut et une autre, plus raisonnable, de la fermer, de retourner m'occuper de mes oignons et de tirer la chasse sur cette journée, je me laisse surprendre par Monigote. Arrivé à mon niveau, il me bouscule et enfonce un coude vicelard sous mon plexus.

— Dégage de mes pattes, Sasse.

Pendant que je suis affairé à ne pas trébucher et à reprendre mon souffle, ils embarquent le gamin dans une voiture noir et blanc et démarrent en faisant gémir la boîte de vitesses. Passé la barrière, la voiture avance au pas sous les huées et les vociférations de la foule qui commence à s'agglutiner tout autour. Les plus audacieux collent quelques claques sur le toit et le capot de la bagnole. Le deux-tons ne les calme pas, au contraire, ils se mettent à secouer le véhicule. Puis les noms d'oiseaux et les cannettes de bière commencent à voler. Un pavé rebondit sur la lunette arrière. Un coup de sifflet strident retentit, immédiatement suivi d'une détonation assourdissante. Une épaisse fumée se répand, et la colonne charge. Au milieu du chaos, des cris de douleur, des bruits de coups, des injures inarticulées jaillissent et se couvrent, magma inaudible qui martyrise mes tympans malmenés. Une douzaine d'uniformes jaillit du bâtiment pour se joindre à la curée.

Au bout de quelques minutes, la voie est dégagée, et l'auto se fraie un chemin vers l'arrière de la cité judiciaire pendant que les cognes ramènent leurs prises : un môme au crâne rasé qui boite méchamment ; une femme, la cinquantaine bien tapée, le nez pété, couverte de sang ; un type aux dents cassées, la barbe à moitié brûlée, de l'écume au coin des lèvres ; et encore quelques autres, qui vont passer une mauvaise nuit.

Le vent pousse le nuage lacrymogène vers le centre-ville. Et c'est justement par là que je vais. Rien ne me sera épargné.

J'imagine dans les étages mon « vieux pote » Justin, debout derrière une fenêtre, en train de me regarder traverser la rue qui sépare l'ordre de la justice, comme il a dû le faire il y a des années, avant qu'on ne devienne chacun le récipiendaire de la mauvaise conscience de l'autre, avant qu'on ne se penche tous deux un peu trop au bord de l'abîme.

Message à Peter Punk

Boîte vocale, message archivé nº 1

Salut Desmund… C'est Richard. Richard Grifiss, du cirque Gufo. Je sais que ça fait longtemps, mais je pense que tu te souviens. Moi, je t'ai pas oublié, en tout cas. Peter Punk, le clown déglingué. J'ai pas oublié non plus ce que t'as fait pour moi, dans le temps. Ni comment t'es parti sans même me laisser le temps de te dire merde ou merci.

J'ai… j'ai lu ton nom dans le journal, il y a quelques mois. Ça m'a fait marrer de voir qu'on habitait dans la même ville, ici, à Morclose. Le monde est petit. J'ai vu aussi que tu t'étais retrouvé dans un règlement de comptes. Ça aussi, ça m'a fait marrer.

Écoute… Je sais que t'es en prison.

Peut-être que si je tiens jusque-là, je t'attendrai dehors quand tu sortiras, avec des cigarettes, un café chaud et des oursons en guimauve.

Peut-être… peut-être aussi que je vais t'y rejoindre. Ou que je ne vivrai pas aussi longtemps.

Je… J'ai toujours la petite clef, celle que t'avais laissée dans la poche de mon costume la nuit de ton départ. C'est un sacré secret à porter pour un gamin de neuf ans. J'en ai un pour toi, moi aussi, de secret. Cette ville est pourrie. Et je me suis mis dans la merde. J'avais déjà…

Fin du message.

2

Scène de crime

> - - Conformément aux dispositions de l'article 53 du CPP. - - -
>
> COMMANDANT JUSTIN BRINCOURT,
> *procès-verbal pour enquête de flagrance*

Le commandant Brincourt repousse son siège et étire sa longue carcasse engourdie par les heures passées à bécaner derrière son bureau. Ses articulations craquent et gémissent sous le poids des ans et du manque d'exercice. Il détourne les yeux de la baie vitrée pour fuir le reflet d'un visage crispé et pâle, tache livide enserrée entre le col lâche de sa chemise sombre et les mèches de cheveux noirs mouchetés de gris qui tombent sur son front. D'aussi loin qu'il se souvienne, il a toujours voulu être flic. Il voulait rendre le monde un peu meilleur, lui donner un sens en se creusant la tête pour résoudre des énigmes. Il s'est vite rendu compte que le véritable casse-tête, c'était de réussir à monter une procédure qui tienne la route. Dans la boutique, la méthode tient lieu de mode de pensée, elle supplante la réflexion. C'est plus simple et plus facile comme ça, bien plus rassurant, pour tout le monde. Des journées comme celle d'aujourd'hui réveillent ses velléités de changement, mais ça ne l'emmène jamais très loin. Tout plaquer, recommencer à zéro, au bas de l'échelle et de la grille salariale, alors que le crédit de la maison court encore et que les garçons se lancent dans des études longues… Il n'a pas ce genre de courage. Et toutes les affaires ne sont pas aussi foireuses. La plupart du temps, il se sent même utile. Plus ou moins comme il voudrait, ou comme il devrait. Et de toute manière, il ne sait rien faire d'autre.

Il se saisit de sa vapoteuse obèse et tire des petites bouffées rapides, avant de recracher un épais nuage fraîcheur melon citronné qui laisse sur la vitre une fine couche de buée. En contrebas, il a regardé disparaître dans la nébulosité chimique la silhouette indécise de Desmund Sasse, drapée dans son vieux manteau noir. Il doit porter cette vieille pelure depuis qu'ils se connaissent. Malgré lui, le coin de sa lèvre s'est tordu en un semblant de sourire. C'était il y a près d'une heure.

Un coup bref et la porte de son bureau s'ouvre. Les mains encombrées d'un volumineux dossier, Monigote écarte le battant du bout du pied et dépose son fardeau sur le sous-main déjà encombré de Brincourt.

— Tout est là. Merle est parti devant le juge des libérations déplorables, on devrait avoir le mandat de dépôt dans l'heure. Il dort en prison ce soir.

Le commandant hoche la tête et branche sa cigarette électronique à un câble relié à son ordinateur. Monigote ne bouge pas.

— Merci, Monigote. Vous avez quelque chose à me dire avant qu'on commence ?

— Oui. On a perdu pas mal de temps avec ce type, là, Sasse… Je pense que ça ne nous mènera nulle part. On aurait dû vérifier l'histoire du téléphone avant de l'embarquer.

Justin lève une main pour l'interrompre.

— C'est ma faute, Monigote. J'aurais dû y penser quand j'ai recoupé les relevés d'appels. Dans une enquête, on trouve un tas de portes ouvertes, il faut les refermer. Sinon un dossier ne tient pas la route.

— Mais ici, on est carrés. Le dossier est en béton. Merle a un passif, pas d'alibi, sa présence sur place est avérée, et on a trouvé l'arme du crime chez lui.

— Et il a un avocat pointilleux qui va éplucher le moindre de nos P-V. Si on laisse passer ne serait-ce qu'un trou de souris, faites-lui confiance pour entrer dedans. On reprend ?

Monigote hoche la tête. Il n'a pas l'air convaincu, mais il reprend la procédure, pièce par pièce.

— Saisine à six heures douze suite à l'appel de Fatoumata Diallo, femme de ménage, pour signaler la mort de Léonard Caprian, directeur de l'office HLM, conseiller régional, dans son bureau.

— Qu'est-ce qu'on a sur elle ?

— Ivoirienne, en France depuis vingt-huit ans. Cumule trois emplois : le matin à l'office HLM, ensuite elle enchaîne dans un hôtel et, quand elle a terminé, elle travaille au black chez des particuliers. Mariée à Sedou Diallo, trois enfants. Pas de casier. Ses papiers sont en règle.

Brincourt hoche la tête et invite le lieutenant à poursuivre.

— Arrivée sur place à six heures cinquante-trois. La victime est un homme de type caucasien de quarante-cinq ans, identifié comme étant bien Léonard Caprian. Il est assis sur un fauteuil director en cuir, du sang a coulé en abondance d'une seule plaie portée en plein cœur par un agent tranchant et pointu. On n'a pas trouvé l'arme sur place. Il est sans doute mort très rapidement. Le corps était frais, pas froid, les membres et la nuque raides, mais encore maniables. Heure estimée du décès, entre dix-huit et vingt et une heures.

— Oui, une douzaine d'heures, à confirmer par le légiste.

— Le bureau n'a pas été retourné, il ne semble pas avoir été fouillé. Une pile de dossiers effondrée, des feuillets éparpillés sur le sol, peut-être le signe d'une lutte brève. Rien sous les ongles de la victime.

— Au niveau vidéosurveillance ?

— Il n'y a aucune caméra dans l'immeuble, et celle qui est installée sous le réverbère au coin de la rue est HS depuis deux mois.

— Au temps pour Big Brother.

Monigote esquisse un sourire avant de reprendre :

— La fouille minutieuse du bureau a permis de trouver un agenda relié de cuir couleur lie-de-vin.

— Enlevez « minutieuse ». Une perquisition l'est toujours.

Monigote pianote sur le clavier de son ordinateur portable et poursuit.

— Sur la page de la veille, dans la tranche horaire dix-neuf, vingt heures un nom a été griffonné à la hâte. Il est écrit Richard Merle. Ensuite l'inventaire des tiroirs…

— Laissez tomber. Qu'est-ce qu'on a dans les fichiers ?

— Alors, Merle, Richard, vingt-cinq ans, cité dans plusieurs procédures pour détention de stupéfiants, dégradation de biens publics, outrage et rébellion. Pas un gros client, mais un client tout de même. Dernière adresse connue, au nord-est du centre-ville, boulevard de Sévigné, à la limite du quartier Jeanne Dark.

— Quartier tranquille. On dirait un hospice.

— Comment ?

— Rien. Poursuivez.

— À neuf heures quatorze, accompagnés d'une équipe de patrouille, procédons à une perquisition au domicile de Merle. Celui-ci semble sortir du lit. L'appartement est en travaux. Interrogé sur ses activités de la veille au soir, Richard Merle a eu un sourire vague et a haussé les épaules sans répondre.

Brincourt se souvient du mutisme de Merle. Pendant que Monigote le tenait en joue en braillant, Brincourt lui a passé les menottes dans le dos. Le commandant lui a notifié sa garde à vue et ses droits. Merle n'a rien dit.

Ils ont retourné son appart, méthodiquement, pièce par pièce, centimètre par centimètre. Merle n'a rien dit. Il s'est contenté de les regarder faire, la mâchoire verrouillée.

Quand Monigote a retourné sa table basse, il n'a rien dit. Quand ses boîtiers de DVD ont été ouverts l'un après l'autre et que les petits disques ont été balancés sur le sol, en tas, il n'a rien dit. Quand ils ont jeté ses vêtements sur le sol, retourné ses tiroirs, il n'a rien dit. Quand Brincourt a mis toute sa correspondance dans une boîte à chaussures, il n'a rien dit.

Quand Monigote est entré dans la salle de bains et a vidé l'armoire à pharmacie dans le lavabo, il n'a toujours rien dit. Ni quand il a fait sauter le cache de bois de la baignoire. Ses sourcils se sont froncés quand Monigote a émis un long sifflement. Le lieutenant est revenu dans la pièce principale. Il avait dans la main une serviette enroulée autour d'un objet. Monigote a dégagé un pan de la serviette et montré à tout le monde un couteau au manche en forme de T, la lame maculée de traces brun-rouge. Merle a ouvert la bouche. Il a expiré et l'a refermée. Il n'a rien dit.

— … placé sous scellés l'arme, le téléphone et les documents saisis lors de la perquisition et emmené le suspect au service pour audition. Une patrouille de la sûreté est restée sur place pour sécuriser les lieux.

Justin se souvient parfaitement d'avoir pensé à ce moment-là que c'était trop facile. Ça arrive. Parfois.

Merle a gardé le silence toute la journée. Sous le feu des questions, avec son avocat, dans la geôle. Même en ce moment, devant le juge, Justin est sûr qu'il ne dira pas un mot.

— Qu'est-ce que vous avez trouvé sur lui ?

Justin se souvient de ses débuts dans la boîte. Récupérer tout ça leur aurait pris des semaines. Mais Monigote s'est collé sur sa bécane, l'oreille rivée au téléphone. Et le résultat est impressionnant. Merle, c'est le gars poissard par définition, rodé à la déveine, habitué à en prendre plein la gueule et à la fermer. Sa vie tient en gros sur deux pages.

— Né Richard Grifiss, il a grandi dans une famille de circassiens… Gufo, un cirque de seconde zone, inconnu.

— Vous n'avez pas d'enfants, Monigote ? Des troupes comme celle-là, j'en ai vu des centaines. C'est le genre dont on trouve les chapiteaux montés sur les pelouses pelées d'improbables bleds de province, entre un concessionnaire Citroën et le parking d'un Intermarché, ceux où, pour dix balles, un après-midi pluvieux, on emmène les gosses voir un numéro de jongleurs malhabiles, un clown poussif et un magicien qui a dû apprendre ses trucs dans *Pif gadget*. Y a pire endroit pour grandir, cela dit.

— Ça se gâte l'année de ses neuf ans. Ses parents meurent d'une mauvaise chute sur la piste aux étoiles. Le lendemain, le patron du cirque réussit à s'enfermer dans la cage des tigres, qui le bouffent. Les membres de la troupe ont voulu garder le môme, mais les services sociaux ont jugé préférable de le placer dans un foyer en attendant qu'une famille plus stable – plus conventionnelle – puisse le recueillir.

— Les emmerdes aiment bien sortir en bande.

— Pendant deux ans, il végète dans un centre d'accueil pour gamins en difficulté, au milieu de mineurs sous main de justice. Quelques bagarres, un séjour en hôpital psychiatrique. Richard est sujet à des insomnies et des accès de colère.

— Sans blague.

Monigote lève les yeux vers son supérieur, comme s'il venait de dire une bonne plaisanterie.

— Il redouble sa sixième… une flèche, celui-là. À douze ans, on lui trouve une famille d'accueil. Boris et Victoire Merle. Apparemment, ça se passe bien et, au bout de trois ans, ils finissent par l'adopter. Sa nouvelle mère décède d'une maladie rare et foudroyante dans l'année. Le père met quelques mois à la suivre dans un suicide lent mais consciencieux, à base de cachets et d'alcool. Richard a dix-sept ans. La maison familiale, dont le crédit n'est pas soldé, est saisie par la banque. Le môme Richard retourne en foyer. Il entre en apprentissage pour devenir électricien.

— Il s'accroche, quand même.

— Comment ?

— L'école est obligatoire jusqu'à seize ans. Il aurait pu s'en foutre. Continuez, Monigote.

— C'est vers cette époque qu'il commence à avoir des problèmes. Rien de bien méchant, un peu de stup, des tags. Il met le feu à une poubelle pendant une manif. Outrage et rébellion.

Justin est plus sceptique sur le dernier chef d'accusation. Il ne sait que trop bien à quel point les forces de l'ordre ont la procédure facile dès qu'une interpellation est un peu trop musclée. Faut bien se couvrir.

— En 2013, Richard Merle s'engage sous les drapeaux. Il n'a pas dix-huit ans. Il intègre le 8e RPIMa. Paras. Forcément, sur cette période, pas grand-chose. Il quitte l'armée au bout de cinq ans, enchaîne les petits boulots. Sécurité, bâtiment. Il bosse sans faire de vagues. Et hier soir, il aurait tué Léonard Caprian. Sur un coup de tête, sur un coup de sang, sans raison apparente.

— Et il ne dit rien.
— Zéro.
Monigote lance l'impression des P-V retouchés. Il les tend à Brincourt, qui les signe distraitement. Le lieutenant récupère le tout, remplace les pièces corrigées. Il s'apprête à sortir. Brincourt se mord la lèvre.
— Monigote ?
— Commandant ?
— Vous avez fait du bon boulot aujourd'hui. Allez vous reposer, la journée a été longue pour tout le monde.

Et elle l'a été.

Alors en regardant le jour s'assombrir à travers la vitre pas très nette de son bureau encombré, Justin sait que, de l'autre côté de la rue, devant le JLD, Richard Merle continue de se taire. L'histoire s'écrit sans lui, souvent contre lui.

Pour Monigote, Merle a le profil du déséquilibré violent, qui n'attendait qu'une étincelle pour passer à l'acte. Le commissaire Delmar est d'accord avec eux. C'est ce qu'il a dit à Justin quand il l'a appelé, en fin de matinée, pour le féliciter d'avoir bouclé l'affaire en deux deux.

Ça ne pose de problème à personne qu'on n'ait rien trouvé reliant Merle à Caprian. Pas un pour questionner la facilité déconcertante avec laquelle ils sont remontés à ce type, assez con pour garder un pauvre surin capable de l'envoyer en cabane. Il aurait posé un néon clignotant « coupable » au-dessus de sa porte que ça n'aurait pas été plus voyant. En fait d'enquête, le commandant a l'impression désagréable d'avoir participé à un jeu de piste pour gamins débiles, sous les applaudissements d'un tas d'imbéciles heureux de s'en tirer à si bon compte.

Et pourquoi il aurait dit quoi que ce soit, Merle ?

Ça n'étonne pas vraiment Brincourt. Caprian est quelqu'un qui compte, des deux côtés de la loi. Une personnalité imbriquée depuis des années dans tous les pans de l'activité économique de la ville. Et ils doivent être nombreux, ceux qui ne souhaitent pas qu'on creuse trop, qu'on épluche minutieusement son carnet d'adresses, ses fréquentations, ses arrangements, ses dessous-de-table. Sa mort violente aurait pu être un véritable coup de projecteur sur un sacré paquet de combines nauséabondes. Alors peut-être bien que Richard Merle l'a tué, peut-être bien qu'il s'est pris pour Travis Bickle et qu'il a confondu Caprian et Palantine, peut-être bien qu'il sera à sa place en cabane. Peut-être que ça arrange aussi un paquet de monde de régler cette histoire rapidement et sans déballage. Le problème quand on va trop vite, c'est qu'on ne voit pas bien le paysage, on rate les détails. Ça ne l'étonne pas outre mesure. Mais ça le dérange.

Justin trouve que son dossier est plein de trous. Il n'aime pas ça. Et il n'a pas les coudées franches pour les combler, ça fait longtemps que, concernant certaines affaires, il ne les a plus. Delmar, qui joue au golf avec le préfet, l'a félicité. Dans son jargon feutré, ça voulait dire qu'il sifflait la fin de la partie.

Alors Brincourt, après son coup de fil, s'est collé lui-même sur le courrier de Merle, et sur ses relevés d'appels promptement remis par l'opérateur téléphonique. Pour fermer les portes. Quand il a vu le numéro de Desmund Sasse sur les fadettes de Merle, il s'est dit qu'il devait saisir la perche.

Qu'est-ce qu'il pouvait faire d'autre ?

— La journée a été longue, mais je serai là pour le dîner... Oui, j'irai le chercher, je n'ai pas oublié. À dix-neuf heures trente, mais j'ai terminé. C'est ça. À tout à l'heure.

Brincourt raccroche son téléphone. Quand on l'arrache du lit à l'aube pour lui annoncer un nouvel homicide, sa famille a pris le pli de se dire qu'il rentrerait tard, s'il rentre. Mais aujourd'hui, il passera la soirée chez lui, avec sa femme. Rodé par des années de mariage au bonheur inégal, il appelle avant de rentrer. Un collègue lui avait donné ce conseil, des années auparavant : un petit coup de fil vaut mieux qu'une mauvaise surprise et une grosse engueulade, parole de cocu. Faut pas leur en vouloir. C'est pas une vie de passer la sienne à attendre son jules.

Son portable vibre. C'est Monigote.

— Les gars de l'administration pénitentiaire l'ont embarqué. Mandat de dépôt exceptionnel.

Justin acquiesce. Un qui sort, un qui rentre. Les geôles sont pleines de manifestants, les collègues ne savent même plus où coller les clients habituels. Alors sur les cas qui ne posent pas trop de question, c'est un trajet direct pour la prison, sans passer par la case garde à vue. On gagne du temps.

— Son avocat n'a rien dit ?

Monigote glousse.

— Si, bien sûr. Maître Cachin a joué la carte de la présomption d'innocence bafouée, mais même lui n'y croyait pas.

— Et Merle ?

— Rien. Pas un mot. Ce mec, c'est un mur de béton vibré. Il serait pas autiste ?

— Je ne pense pas. Il sait que rien de ce qu'il pourra dire ne va l'aider. Allez, reposez-vous, Monigote, je prends la permanence pour ce soir. Je ne veux voir personne avant dix heures demain.

— On va pas boire un coup ?

Ça se fait quand on boucle un dossier, même un dossier bâclé. Brincourt a soif, le genre de soif qui pourrait le tenir jusqu'au petit matin. Mais il va rentrer chez lui et, avant ça, il n'oubliera pas de passer chez Décatron chercher le vélo elliptique que Céline a commandé pour lui.

— Sans moi, Monigote. Je suis rincé et ma femme m'attend.

Brincourt a soif. Il reste un moment debout à la fenêtre, encore, à regarder la cité judiciaire et la ville, sa ville éclaboussée par un soleil en fin de course, qui s'apprête à changer de visage pour rentrer dans la nuit.

Il se demande si Merle a tué Caprian. Il se demande pourquoi. Il peut y avoir mille raisons pour qu'un type comme Caprian se fasse descendre. C'est même étonnant que ça ne soit pas arrivé plus tôt. Il ouvre un tiroir. Un vieux téléphone portable cabossé et rayé y est posé. Brincourt l'a sorti des scellés juste avant d'envoyer Monigote interpeller Desmund devant la prison. Un coup tordu. Dans le fond du tiroir, à côté du petit appareil, une bouteille de Cardhu prend la poussière. Il se sert une dose raisonnable dans un gobelet en plastique, une seule, et la boit en savourant la brûlure sur sa langue, dans sa gorge. Une chaleur apaisante irradie dans son torse et dénoue ses tripes. C'est déjà ça.

3

Les pas perdus

I hate this street
Give dirt to me

Caribou, PIXIES

Je clopine au milieu des manifestants dispersés. Des lambeaux de fumée toxique s'accrochent aux coins de la rue et des yeux. Ils jouent avec les timides rayons du soleil et arrachent encore quelques larmes cruelles à ceux qui les traversent en piétinant le bitume amolli par le suet qui fait vibrer les branches des arbres et les humeurs des hommes.

Ça me prend vingt minutes et une bonne suée pour arriver aux Portes bordelaises. Au cœur de la vieille ville, la petite place est en train de se muséifier. À une époque pas si lointaine, on trouvait ici un cinéma porno et un peu plus loin un bar à hôtesses aux seins nus et un troquet où on jouait sérieusement au poker. J'ai vu des types perdre leur salaire, et même leur bagnole, dans ce tripot.

Aujourd'hui, ils ont fermé et la ruelle s'est garnie d'une boutique bio où je ne mets les pieds que pour m'offrir de temps à autre une bouteille de whisky paysan, d'un tatoueur aux horaires aléatoires et d'un échafaudage massif. Je pousse la porte de mon immeuble et gravis péniblement quatre volées de marches de bois poussiéreux en établissant un plan ambitieux à base de bain tiède, de boîte de conserve réchauffée à la va-vite et d'un bon film. Quelque chose d'enfantin, qui m'emmène pour une heure ou deux loin de cette poisse qui me colle aux grolles. Un film de cape et d'épée, un vieux, de ceux où la morale est en noir et blanc. Une ingénue sauvée par un bretteur splendide et vertueux, un voyou au grand cœur ou un seigneur au destin contrarié. Le Bossu, le Capitan ou n'importe quel Jean Marais, notre John Wayne à nous, qui manie l'épée comme l'autre le colt, et dont le chapeau a autrement plus de gueule.

Mais tous mes projets tombent à l'eau quand je vois le bandeau police en travers de la porte. C'est donc pour ça qu'ils m'ont laissé mijoter des heures au trou. J'arrache le ruban et entre. L'ampoule de l'entrée-salon-chambre à coucher refuse de s'allumer. J'y vois quand même assez pour me rendre compte que mon appart est dans un bordel innommable. Mon matelas est éventré, le contenu de mes étagères est éparpillé sur le sol. Le rouleau de câbles qui me tenait lieu de table basse a été renversé, et tout ce qui se trouvait dessus a été balancé sans ménagement. Le cendrier dégueule une constellation de mégots de clopes et de cendres froides sur le parquet poussiéreux. Une tasse a répandu une petite flaque de liquide moisi sur les pages cornées d'un vieux livre de poche. *Mangeclous*, je crois. Ces fumiers ont crevé la membrane de mes enceintes hifi, un des rares trucs de valeur que je possédais. La tour de mon ordinateur est ouverte. Je n'ai même pas besoin de vérifier ce dont je suis sûr : ils ont embarqué les disques durs. C'est toujours ça de pris. S'ils ne peuvent pas me coincer pour complicité de meurtre, ils pourront toujours m'allumer pour les centaines de gigas de films et de musique que je stocke… Les chiottes et la salle de bains sont à l'avenant : réservoir ouvert, serviettes roulées en boule, pharmacie vidée à même le sol… À l'approche de la cuisine, malgré l'agression des gaz, je perçois une odeur nauséabonde de bidoche pourrie, de lait caillé et tout le panel de ce que peut proposer la nourriture en décomposition balancée à même le carrelage damier. À la lueur d'une de mes dernières allumettes, j'examine le compteur et réarme le disjoncteur. Toutes les lumières s'allument. Le vieux frigo se met à bourdonner, et tout saute presque aussitôt. J'aurais sans doute dû préciser à Simon de payer mes factures et pas seulement mon loyer quand j'étais au trou. Ça m'aurait épargné de retrouver un appart sans électricité, sans eau chaude et qui sent la poubelle. Je cherche l'heure des yeux, mais mon radio-réveil est éteint, j'ai jamais eu de montre et mon téléphone est dans un sac plastique chez les flics. Machinalement, comme je l'ai fait déjà des dizaines de fois, j'entasse les affaires essentielles dans un petit sac à dos. Des fringues propres, ma brosse à dents, quelques bouquins, ma cafetière italienne. Je ne cherche pas très longtemps la poignée de pièces et le billet de cinquante balles que j'avais laissés près du bougeoir. Toutes mes économies. Elles doivent être dans une poche assermentée, maintenant. Avec mon bout de shit et mon Zippo. Cette ville va me tuer.

En attendant, faut que je trouve un endroit où me poser. La première idée qui me vient est désastreuse : le quartier du port, une invitation à l'ivresse et aux mauvaises rencontres. Je choisis de faire appel à un ami. Il m'en reste pas beaucoup, et j'ai déjà assez sollicité Simon pour aujourd'hui. Je vais aller voir Marv.

Sur les terrasses noires de monde, la tension est quasiment tangible. Ça s'énerve sur des smartphones à cinq cents balles rendus idiots par des doigts moites. Ça reluque lourdement une perle de sueur dans un décolleté ou le haut d'une cuisse découvert par le souffle fébrile qui sèche les yeux et les pintes de blonde. Ça parle fort, ça crie, ça jure. Des veines palpitent sur des tempes humides. Un verre explose sur le pavé. Un punk à chien se fait vider d'un troquet. Un serveur sec et musculeux l'a soulevé par le col et la ceinture, et le balance comme un sac à déchets. L'épave termine son vol plané au milieu de la rue, sous le regard indifférent d'étudiants en mal de fraîcheur et de nouveauté. L'autre jure, se relève, et part en boitant.

Je m'engage dans l'impasse couverte et pousse les portes du New rose. C'est le nom du bistrot, et le titre de la chanson qui annonce aux étourdis qu'il leur reste deux minutes quarante-deux pour commander un dernier godet. Mais il est encore tôt et, pour le moment, Joey Ramones entonne un *Beat on the Brat* tout ce qu'il y a de plus efficace. Il fait encore plus chaud à l'intérieur. Et bien plus sombre. De faibles loupiotes dispensent une lumière avare sur des tables de bois brut disposées en îlots. Elles sont toutes occupées par la clientèle hétéroclite qui se répartit sur les banquettes pourpres qui longent les murs de pierre et les chaises rustiques posées n'importe comment. Grappes de jeunes issus de toutes les facs de la ville, technico-commerciaux ayant envie de s'encanailler, poivrots en bout de course, marins pêcheurs prêts à en découdre, couples en devenir dans les recoins, théâtreux en souffrance de cachet, écrivains ratés, musiciens de seconde, de troisième zone, racoleuses de fin de mois fatiguées, vieux beaux en chasse à la jeunesse, un clébard qui pisse contre le comptoir, et Marv.

Un torchon au bout des doigts, elle essuie des verres d'une main et sert un mètre de shots de l'autre. Elle porte une chemise rouge, aux manches retroussées, et un tablier de cuir qu'elle n'attache jamais. Les années n'ont pas été plus tendres avec elle qu'avec moi. Des plis durs marquent les coins de la ligne étroite de ses lèvres et de ses yeux bouffis. Ses cheveux couleur tabac, ramenés en arrière, sont parcourus de mèches blanches. Avec Simon, Marv est l'une des rares personnes qui soient venues me rendre visite pendant mes six mois de ballon. Elle et moi, c'est une vieille histoire.

Elle m'aperçoit, et son sourire balaie toute la dureté accumulée sur son visage. Elle laisse son chantier en plan, sort de derrière le zinc et me prend dans ses bras. Ses mains mouillées sont fraîches sur mon cou. Son corps est chaud contre le mien. Pour la première fois depuis longtemps, je ne me sens plus seul au monde. Elle recule, une main posée sur mon bras. Elle sourit toujours.

— Des ! Tu devais pas sortir après-demain ?

— Je croyais aussi. Ça va ?

— Un peu le rush, mais ça va se calmer dans une demi-heure. La plupart des gens iront manger. Ça me fait plaisir de te voir. Je voulais aller te chercher.

— C'est sympa, mais tu vois, pas besoin. En revanche, j'ai un service à te demander.

— Envoie.

— On m'a coupé le courant pendant que j'étais... absent. Toute la bouffe a pourri, c'est une infection.

— Tu veux revenir dans la piaule du haut ?

— Pour une nuit ou deux, le temps que je règle le problème ?

Elle sort de ses poches un trousseau de clefs, en détache une et me la tend.

— Autant que tu veux. Tu seras pas au calme le soir, mais c'est chez toi.

— Merci, Marv.

Les clients gueulent au comptoir. Elle leur fait un signe.

— Les soiffards sont au bout du rouleau.

— Je te file un coup de main.

Je passe au bar, fourre mon sac à dos et mon manteau dans un coin, à côté de sa batte de base-ball, et commence à aligner les commandes que Marv m'envoie.

— Comment ça se fait qu'ils t'aient mis dehors plus tôt ?

— Les flics…

— Qu'est-ce que t'as encore fait ?

— Rien, Marv. Pour une fois, rien.

— Rien, comme d'habitude ?

— Non, j'ai vraiment rien fait, cette fois. Tu te souviens de Léo Cap ?

— Sûr. Je le croise de temps en temps. Le matin, pas le soir.

— Parle-moi de lui. Je l'ai pas vu depuis la fac.

— Depuis qu'il grenouillait dans tous les syndicats étudiants ?

— Et qu'il montait des combines avec Farid et Baloo.

Son sourire se crispe. Elle sait comment j'en ai bavé à cette période.

— Il a troqué l'étoile rouge contre une cravate en soie et une paire de pompes cirées. Il vient serrer des mains les jours de marché.

— Plus maintenant. Il est mort.

Sa main retombe, inerte. Elle tente de faire bonne figure, mais je sais très bien qu'elle est en train de se demander si j'ai tué Léo Cap.

— Oh ? Qu'est-ce qui s'est passé ?

— Un type l'a suriné la nuit dernière. Et ce type aurait essayé de m'appeler. Ça a excité un peu la police, et voilà.

— C'est qui ?

— Je ne le connais pas. Il s'appelle Richard Merle. J'ignore comment il a eu mon numéro.

Elle se mordille le coin de la lèvre et plisse un œil.

— Il ressemble à quoi ?

— La vingtaine, brun.

— Plutôt beau gosse ?

— Pas vraiment mon genre, mais j'imagine qu'on peut dire que oui.

Elle secoue la tête et ramène une mèche derrière son oreille.

— Les gens ont l'habitude de venir taper à ma porte quand ils n'arrivent pas à te joindre. D'ailleurs ton Écossaise, Brigid, elle a un message pour toi, elle dit qu'elle ne veut plus jamais te revoir.

Ça, c'est drôle.

— On a passé une semaine ensemble il y a presque un an… Elle est cinglée. Tu disais un truc ?

— Oui. Il y a une semaine ou deux, un môme s'est pointé et a demandé après toi. Il avait l'air de te connaître. Je lui ai dit qu'il pouvait toujours laisser un message, mais il n'a pas voulu. Je ne sais pas, il m'inspirait confiance. Je lui ai donné ton numéro.

Ses pommettes, saillantes et hautes, se colorent légèrement. Le Richard lui a tapé dans l'œil, à Marv. À force de la voir comme mon pote, j'en oublie que c'est une femme. Une sacrée femme, même, et qui trimballe sa solitude depuis… Bon, au moins ça résout une partie de la question. Merle n'a pas fait mon numéro par erreur. Il me cherchait. Et il a buté Léo Cap. Reste à savoir ce qu'il me voulait. Peut-être bien un gars du Grec. Après tout, avant le pépin qui m'a envoyé chez lui, j'ai fait profil bas pendant des années, alors si quelqu'un en a après moi, à part mon ex, ça doit être lui. Et ça, ça craint. Vraiment.

— Des, la pompe.

J'ai toujours la main sur le levier, et la bibine arrose le comptoir. Les verres séchés, les bouquets de menthe, les culs de bouteille, tout baigne dans la pils. Le temps que je coupe la pression, une mousse abondante s'épanouit, engloutit les rebords du zinc et se répand comme une marée furieuse.

— Merde. Marv, je…

— C'est rien. T'es crevé, tu sors de six mois de merdier et d'une journée pourrie. Tu devrais aller te pieuter.

Marv finit par se décider à ramasser une éponge pour arrêter le déluge qui envahit notre côté du zinc. Elle a raison, bien sûr. Je devrais aller me coucher, au fond d'un lit frais, et laisser la nuit emporter cette histoire. Ce qui me travaillait au début, c'étaient les flics. A priori, ils vont me lâcher la grappe. En revanche, si le Grec a mis un type à mes basques, il en restera pas là.

Lui et moi, on aurait jamais dû se croiser, on gravitait pas dans les mêmes orbites. D'accord, j'ai fait quelques conneries, mais ce gars, c'est un professionnel.

Un type que je connais, Charles, a voulu jouer dans la cour des grands. Il s'est ramassé, bien sûr, et s'est retrouvé à devoir un paquet de pognon au Grec. Des cacahuètes, en y réfléchissant bien, mais dans ces milieux-là, on te dézingue pour presque rien, question de principe. Et Charles, ben c'est le frangin de Corynthe. Alors quand il est venu me chouiner dans les Doc, j'ai pas pu l'envoyer paître, comme j'aurais dû le faire. J'ai voulu lui filer un coup de main, et j'ai fait ce que je fais souvent : n'importe quoi. J'ai braqué un dealer. C'était pas l'idée du siècle, je reconnais, mais c'est tout ce qui m'est venu sur le coup. Là où j'ai pas eu le pot, c'est que cet abruti bossait en sous-main pour le Grec. Et ce qui m'a vraiment mis dedans, c'est que cet emplumé de Charles m'a balancé pour sauver ses miches. Ça m'a valu l'attention particulière du caïd. Il a lâché son armée de sbires à mes basques, et je n'en suis sorti vivant que pour me retrouver au trou. Effraction de domicile, coups et blessures, violences en réunion. Le monde à l'envers. Un jeudi soir à Morclose.

J'attrape mon manteau.

— Désolé pour ce bordel, Marv. Faut que je prenne l'air.

Le jour s'effiloche sans apporter une once de fraîcheur, comme si les murs de pierre, les pavés inégaux et le bitume mou rendaient toute la chaleur emmagasinée pendant la journée. Les manifestants ont gagné les devantures des cafés. Ils soignent les brûlures et les coups dans une abondance alcoolisée et bruyante, racontent leurs exploits, des souvenirs d'anciens combattants, les vexations arrachées à l'ennemi. Ils doivent s'en contenter, et ils le savent. J'ai grandi ici, des manifs, j'en ai connu mon lot. On risquait de prendre quelques coups de matraque, quand on titillait trop les CRS ou les gendarmes mobiles, quand on leur balançait des pavés, des cannettes vides ou des ballons remplis de pisse. Et parfois, si on tenait suffisamment longtemps, le gouvernement cédait. On ressortait de tout ça avec le sentiment euphorique de la victoire et une foi renouvelée dans l'action collective. On se faisait quand même un peu avoir, on savait bien qu'ils nous grignotaient toujours un truc, mais on sauvait la face et une poire pour la soif. Les grèves d'aujourd'hui sont teintées de désespoir. Les connards d'en haut ne cèdent plus. Ils l'ont dit, ce n'est pas la rue qui dirige le pays. Et si la rue n'est pas d'accord, on lui casse la gueule. Même si elle le dit sagement, en organisant un sitting. On lui casse la gueule. On lui balance des grenades – des grenades – même si on sait qu'elles blessent, qu'elles estropient, qu'elles tuent. On lui tire dessus au flash-ball. Ou comme on dit dans cette novlangue feutrée, au lanceur de balles de défense. De défonce, oui. Et tant pis si ça coûte quelques yeux et si ça défigure la rue à vie. On la fout au trou, on la marque à la culotte, on lui colle des amendes. La rue mécontente est un casseur, un black bloc, ou un pauvre type manipulé par l'extrême droite. Sa parole ne vaut rien, elle ne mérite pas d'être écoutée. C'est un sous-citoyen, irresponsable comme un gosse quand il donne son avis, mais parfaitement adulte quand il s'agit de lui cogner dessus. En toute impunité. Et on décore les poulets les plus hargneux, on file des médailles à ceux qui écrasent la grogne populaire sous leur talon de kevlar. Et surtout, surtout, la rue ne gagne plus. Le sang qu'elle verse dans ses luttes perdues d'avance n'est voué qu'à émouvoir les âmes sensibles et à exciter l'appétit des prédateurs. La rue est priée de fermer sa gueule et de voter utile tous les cinq ans.

Je n'ai plus de carte d'électeur depuis des années, et je ne suis plus la rue. Je suis Desmund Sasse, parasite anonyme vivotant des aides sociales et de petits boulots sans emmerder personne. Je me fous qu'on vende l'industrie à des puissances financières, qu'on taille dans les services publics pour distribuer plus de pognon aux entreprises du CAC 40, qu'on bousille le droit du travail, la planète, le système de retraite et l'école républicaine. Donnez-moi un toit, un matelas par terre, des clopes, une connexion Internet, et je peux traîner ma carcasse jusqu'à la mort sans rien demander de plus. Je n'ai plus de rage en moi, juste une immense lassitude et une appétence pour l'insipide saveur du temps qui passe sur des jours ternes.

Alors je ne comprends pas ce que je suis en train de faire. Si j'avais un soupçon de cohérence et de bon sens, je me terrerais dans un coin en attendant la fin de l'orage. Au lieu de ça, j'ai relu les notes chipées dans le bureau de Monigote, et je suis en chemin pour la piaule de Richard Merle. Je me filerais des claques.

4

Sonné(e), encore

Dans cette rue trop calme où la journée s'éteint,
Les hommes en tenue bleue regagnent leur fourgon,
Démarrent brusquement en jouant du deux-tons,
Signant ainsi l'arrêt d'une attente sans fin.

Elle temporise encore, et s'offre une cigarette,
Remise ses biscuits au fond de leur sachet
Et d'une gorgée tiède fait passer deux cachets,
Bien tassée sur son siège pour être plus discrète.

La tête un peu légère, elle sort de sa bagnole
Et lutte contre l'idée qu'elle est devenue folle.
Au fond de sa poitrine, elle cherche son haleine.

L'asphalte surchauffé s'étire sous ses pieds,
Hésitants tout d'abord, et puis plus assurés.
Après tout ça n'est pas sa première mexicaine.

À pas légers, enveloppée dans son imper, une femme s'engouffre sous un porche. Elle est grande, elle est brune, elle pourrait être belle et elle s'appelle Élise. Élise Archambault grimpe les marches jusqu'au deuxième étage. La porte de Merle n'est pas difficile à reconnaître : barrée de rubans rouge et blanc, c'est un vieux modèle, le minimum syndical pour qu'une compagnie d'assurances accepte de vous couvrir, avec, en guise de poignée extérieure, un pommeau en aluminium terne et une serrure premier prix.

De sa poche intérieure, Élise sort une radio soigneusement pliée et l'insère entre le chambranle et l'huis. Elle tire, pousse, pique une suée. Le pêne finit par céder et le battant par s'ouvrir sur l'obscurité.

Archambault écoute le silence se maintenir dans le couloir. Elle replie la radio, la remet à sa place. Elle attrape la Maglite glissée dans sa ceinture, referme derrière elle et éclaire par à-coups un couloir au papier peint arraché, percé de deux ouvertures opposées. Un escabeau, des grattoirs et un gros sac-poubelle rempli de débris de lambeaux déchirés sont posés au milieu du passage. Juste à côté de l'entrée, deux vestes de sport accrochées à une patère pendent au-dessus d'un radiateur en fonte recouvert d'une petite planche qui fait office de vide-poche. Deux stylos à bille, un peu de monnaie, une clef bénarde et un briquet y sont éparpillés, ainsi que des feuillets froissés. Des avis de contraventions pour stationnement non réglementaire.

À droite, dans une cuisine étroite dont tous les placards sont ouverts, les reliefs d'un petit déjeuner gisent sur une table ronde : un verre, une assiette où des miettes de pain sont figées dans du jaune d'œuf, une tasse de café presque vide. Au-dessus du frigo, l'intruse avise un panier à fruits rempli de pommes et un gobelet de céramique. Sur le rebord, la bouche qui s'y est posée a laissé de belles traces de rouge à lèvres rose clair. Il contient un fond de thé aromatisé. Vanille.

De l'autre côté du couloir, le salon porte les stigmates d'une perquisition dans les règles : les coussins du canapé sont sur le sol, leur housse a été enlevée ; la tringle à rideaux pend piteusement ; le meuble télé dégueule des piles de boîtiers de DVD, ouverts ; le tapis est roulé dans un coin ; plusieurs lattes de plancher sont manquantes. Sur la table basse, les clapets des télécommandes ont été retirés, et les piles enlevées. Deux magazines ont été jetés n'importe comment : le dernier numéro de *Manière de voir*, et un truc qu'elle ne connaît pas, *Horizon & Perspective, la revue qui pense autrement.*

La chambre est plutôt petite, et un futon défait occupe l'essentiel de l'espace. Les tiroirs d'un meuble bas ont été vidés à même le sol. Le faisceau de la lampe balaie une boîte de préservatifs entamée, des écouteurs dont les fils sont emmêlés, un chargeur type C, un billet de vingt dollars, trois punaises, un flacon de liquide pour lentilles de contact et un petit pot de baume du tigre. Contre le mur, du linge dégueule d'un placard encastré.

Sur la droite, une porte entrouverte donne sur une salle de bains, étroite mais fonctionnelle. Le lavabo est rempli de boîtes de médicaments, flacons, tubes de dentifrice, et d'une tondeuse. Elle éclaire les lames huilées. Des résidus de pilosité sombre, noire, s'y accrochent. Elle jette un œil à la poubelle, y trouve des cotons-tiges, deux préservatifs usagés, des morceaux d'emballage plastique et un vieux masque chirurgical. Élise s'approche de la baignoire et observe directement la bonde. Du bout de ses doigts enveloppés de latex, elle la sonde, en retire quelques cheveux, longs, dont les reflets cuivrés renvoient la faible lumière.

Élise se glace en entendant l'escalier grincer. Elle espère que c'est un voisin. De petits claquements qui résonnent depuis l'autre côté de l'appartement lui jettent le contraire au visage. Quelqu'un essaie d'ouvrir la porte. Si c'est la police, elle va se retrouver dans un merdier sans nom, du genre fin de parcours. Si c'est quelqu'un d'autre, et elle ne voit pas très bien qui, c'est probablement encore pire.

À entendre les légers chocs du battant contre l'encadrement, ce quelqu'un n'a pas les clefs. Elle tente de circonscrire la bouffée de panique qui s'empare d'elle quand la serrure fait clac. La seule fenêtre de la pièce est une lucarne trop étroite. Elle est coincée. Elle éteint sa torche, la garde à la main et se tapit dans un angle, le souffle contraint et l'oreille tendue. Le visiteur est entré. Il actionne un interrupteur. Une lumière diffuse se répand depuis le couloir jusque dans l'entrée de la chambre. Les yeux fermés, elle tente de reconstituer son environnement à l'aide des indices sonores. Un instant, tout son univers se réduit à ce qu'elle entend. Bruit de paperasse et de ferraille qui racle sur le bois. Le vide-poche de l'entrée. Des semelles quittent un plancher pour marcher sur du carrelage. Il est dans la cuisine. De la vaisselle tinte, quelque chose tombe, rebondit et se brise. Une voix chuchote un juron qu'elle ne saisit pas. Un son bizarre occupe l'espace, à la fois sourd et sec, répétitif, comme… une mastication ? Si elle ne peut pas voir sa tête, elle imagine néanmoins un homme – oui, probablement un homme – aux mains gantées, qui croque tranquillement une pomme en furetant.

Il est dans le salon maintenant. Frottement des pages de papier glacé qu'on feuillette, boîtiers de plastique qui s'entrechoquent. Qui que ce soit, il va arriver d'une seconde à l'autre et lui tomber dessus.

De sa main libre, elle sort son carnet entrouvert et son téléphone. Elle éclaire la page sur laquelle figurent les informations qu'elle a recueillies dans la journée. Ses mains tremblent tellement qu'elle doit s'y reprendre à trois fois pour composer le numéro.

Quand il entre dans la chambre, il traverse un instant son champ de vision. C'est bien un homme, plutôt grand, dans un manteau noir informe qui a vu des jours meilleurs. Son visage est glabre, plutôt pâle, ses cheveux roux sont coupés très court. Elle appuie sur la petite icône verte.

Une sonnerie feutrée crève le silence. Le type ressort de la chambre, traverse le salon. Un déclic résonne dans son oreille. Le con. Il vient de décrocher le téléphone. Il ne dit rien. Elle non plus. Leurs souffles crispés se font écho. Elle entend encore un pas traînant, puis un choc métallique. Quelque chose tombe sur le parquet en vibrant. Le son se répercute contre les murs, rebondit un peu partout. Elle l'entend en stéréo, en direct et à travers son portable. Élise se mord la lèvre inférieure. Elle a envie de hurler.

Ils raccrochent en même temps. La lumière s'éteint dans un déclic. La porte s'ouvre et se referme. Elle est à nouveau seule.

Elle inspire profondément et regagne la chambre en silence. Pliée en deux, elle s'approche de la fenêtre, risque un coup d'œil vers l'extérieur. En contrebas, elle voit une silhouette sombre gagner la rue. Le curieux individu regarde autour de lui, immobile. Puis il prend à gauche, vers le centre-ville. Qui est ce type ?

Élise sait qu'elle devrait rentrer chez elle, se plonger

sous une douche brûlante et attendre que tout ça soit terminé. Elle devrait se dire que tout ça ne la concerne pas, ou ne la concerne plus. Elle devrait se convaincre que Richard Merle est bien là où il est, que rien ne la dérange, que ce type dehors n'est pas un problème.

Mais elle ne fait rien de tout ça. Elle quitte l'appartement, referme la porte et descend la volée de marches au petit trot. À l'abri dans la pénombre du porche, elle entend une voiture démarrer et la voit se détacher doucement de la file de véhicules stationnés en face. C'est un coupé sport, sombre, une marque allemande. À cause des vitres fumées et de l'obscurité qui s'est abattue sur la ville, elle ne voit pas l'intérieur. Elle lui laisse un peu d'avance et sort.

Dehors, un mur de chaleur érigé par le vent sec, comme s'il avait chargé l'air d'on ne sait quoi, écrase le soir, et l'atmosphère pèse lourd sur les épaules et dans les poumons. Le simple fait de respirer demande un effort. Sur le trottoir, une vieille aux cheveux violets promène sa solitude et un horrible petit clébard qui renifle chaque étron comme si c'était le dernier. Élise fait deux pas vers sa voiture, regarde autour d'elle et se ravise. Plus loin, à une distance raisonnable, le rouquin avance à bonne allure dans la rue qui descend en une pente douce mais continue. Il a les mains dans les poches. Elle le suit.

Et elle n'est pas la seule. Le coupé roule au pas, entre

eux deux. Ça pourrait être quelqu'un qui cherche son chemin. Elle n'y croit pas un seul instant.

Le rouquin presse le pas en traversant un boulevard. La portion de rue dans laquelle il s'engage est à sens unique. Le coupé se laisse glisser jusqu'au croisement et tourne à gauche. Puis s'arrête. Un homme en jaillit. Il est plutôt petit, moins d'un mètre soixante-dix, trapu, porte un léger blouson mastic et une casquette de sport délavée. Elle ne distingue pas son visage. Il remonte en trottinant jusqu'au coin et colle ses pas dans ceux du mangeur de pomme. La voiture redémarre. Quand Élise arrive à son tour au croisement, elle la voit tourner à droite, en contrebas, le long du parc. Ils ne l'ont pas remarquée. Sinon, c'est elle qu'ils suivraient. Qu'est-ce qu'ils fichent ici ? Elle ne pense pas que ce soit des flics. Déjà, les bagnoles de service sont rarement des coupés sport. Ensuite… quelque chose qu'elle répugne à appeler son instinct lui murmure que ces gars-là servent plutôt de l'autre côté de la loi.

Elle se laisse volontairement distancer, jusqu'à perdre de vue l'homme de l'appartement. Le trapu le suit, elle se concentre sur lui en espérant qu'il ne perde pas le premier. Ils cheminent dans la ville, improbable petit train dont le rouquin est la locomotive et elle le wagon de queue. Avant chaque carrefour, le trapu ralentit, sans doute pour laisser filer un peu sa cible, puis se met à courir jusqu'à l'angle pour la récupérer. Vu de derrière, c'est un peu grotesque et aussi discret qu'un clown en train de faire la roue au milieu d'un hospice.

Le cortège se resserre en arrivant rue Sainte-Hermine, un étroit passage pavé qui sinue entre des immeubles à colombages. Le trapu se faufile entre les badauds qui cherchent une place sur les petites terrasses surchargées. Il finit par se carrer dans un renfoncement, les yeux rivés sur la porte d'un café. Ses lèvres remuent doucement auprès du micro de son kit mains libres. L'autre a dû entrer là.

Élise détache rapidement ses cheveux, enlève son imper et le roule en boule dans son sac. Juste à côté du troquet à la devanture vitrée, un punk à chien ivre mort chante – mal – le refrain de *Can Your Pussy Do the Dog?* Sur le dos de sa veste en cuir usée, il a inscrit avec des rivets ce qu'il a à dire à la cohorte méprisante : « Rigole pas, bourgeois, je baise ta fille. »

Un vieux morceau des Tagada Jones l'enveloppe quand elle pousse la porte. Pour toute décoration, des vinyles et une vieille Telecaster sont accrochés aux murs. Au fond, trois types avec des dégaines de prof de gauche parlent à voix basse et rient fort. Une demi-douzaine de personnes vident des bières au comptoir de bois derrière lequel un serveur d'une vingtaine d'années prépare un cocktail au shaker en en foutant partout. Pas de trace de poil de carotte.

Elle commande un demi, le paie et s'installe à une

petite table le long de la façade vitrée, pour pouvoir voir l'extérieur. Un second homme a rejoint le costaud en blouson mastic. C'est un grand échalas osseux et sec aux cheveux noirs tirant sur le chauve. Un bouc bien taillé est collé sur sa peau grêlée. Il porte un t-shirt blanc, très ajusté, qui laisse voir les muscles tendus sous sa peau mate. Une grosse chaîne en argent est pendue à son cou. Son poignet est agrémenté d'une montre un peu plus petite qu'un minibus et ses doigts sont couverts de bagues toutes plus grosses les unes que les autres.

Elle porte le verre à ses lèvres et en vide la moitié d'une longue gorgée. Le plaisir simple d'une bière fraîche un jour de canicule l'apaise. Elle en oublierait presque la fatigue qui l'étreint, la nuit blanche qu'elle a dans les jambes. Même la fine pellicule de sueur qui descend dans son cou, entre ses clavicules, devient agréable.

Une porte s'ouvre dans le fond, derrière le bar, sur l'homme de l'appartement. Sans être à proprement parler maigre, il a des joues creusées, le teint pâle, le visage et les cheveux humides. Il vient probablement de se passer la tête sous l'eau. Ses yeux, peut-être gris, balaient la pièce. Elle plonge le regard dans son bock pour éviter de croiser le sien. Elle sent qu'il l'observe, perçoit qu'il hausse les épaules avant d'aller s'asseoir dans le fond, sur une chaise branlante. Elle se demande s'il l'a repérée, s'il lorgnait son décolleté ou enviait l'emplacement stratégique qu'elle occupe.

Le serveur lui apporte un café, qu'il laisse refroidir. Ses yeux sont rivés sur la vitre, sur la rue. De là où il se trouve, il voit sans doute les passants passer, les dîneurs dîner, le clochard clocharder. Mais pas ce qui devrait l'inquiéter. Les deux types qui le suivent sont dans son angle mort.

Il soupire et étale sur la table plusieurs morceaux de papier. Il les défroisse et plisse les paupières. Elle ne le jurerait pas, mais on dirait des contredanses. Celles de Merle ? Puis l'homme sort de sa poche une vieille clef. Il la pose sur la table et la fait tourner. Ses traits sont tirés, ses lèvres pincées. On le dirait en proie à un conflit. Elle devine qu'une décision est en train de se jouer.

Brusquement, il ramasse les papiers et la clef, se lève et jette un peu de monnaie dans la soucoupe. Il salue le serveur d'un signe de tête en sortant. Il remonte la rue et passe devant la vitrine du café. Il lui jette un regard, lui sourit et poursuit son chemin. Les deux hommes postés un peu plus bas se séparent. Le trapu le suit à pied. L'autre doit retourner à la voiture.

Élise compte jusqu'à dix et les rejoint.

La procession insolite reprend son chemin, s'étirant et se resserrant au gré des virages et des lignes droites. La rue affublée du sobriquet d'un général mort devient le contour de la Botte, puis adopte le patronyme d'un ministre, tout aussi mort. Au niveau des quais, Élise aperçoit le coupé sombre, arrêté au feu rouge. Elle se plonge dans la contemplation de la vitrine d'un magasin de cosmétiques, attend qu'il redémarre et griffonne le numéro de sa plaque d'immatriculation sur son carnet.

De la place de la République, au loin, lui parviennent les détonations des grenades lacrymogènes. Elle avait oublié les manifestations. Elle en ignore l'objet précis, elle a arrêté de suivre. Les médecins, les infirmiers, les étudiants, les pousseurs de caddie, les pompiers, les profs, les réacs pour tous, les chauffeurs de taxi, les cheminots, les routiers, les avocats, les écolos, les maires de France, les sans-papiers, les artisans, les collectifs d'usagers de services défaillants, les petits commerçants éreintés, les chauffeurs de bus agressés, les caissières de supermarché épuisées, mal payées, remplacées, les livreurs corvéables à merci, les surveillants de prison poignardés, et les flics même parfois, la grogne s'est métastasée, râle souffreteux d'un corps social malade, d'un organisme qui ne fonctionne plus, mal commandé par une tête qui s'est mise en grève de la pensée pour s'abandonner avec gloutonnerie à son vice naturel et concentrationnaire. Le gâteau a beau grossir, ils sont de plus en plus nombreux à se battre pour une part que chaque réforme réduit un peu plus. Alors elle a perdu le compte, elle ne sait plus qui s'époumone aux oreilles de ces gouvernements toujours plus sourds à toutes les revendications. Surdité sélective, les doléances des ténors du nouveau féodalisme qui s'instaure sont entendues, soulignées, portées en étendard, sans pudeur ni dignité.

Elle a perdu le compte, mais si sa vie n'était pas un tel foutoir, elle aussi serait sans doute révoltée. Le malheur rend égoïste, et Élise a été servie plus qu'à son tour. Les morts encombrent ses souvenirs. Ceux que la vie plante inévitablement sur son chemin, les malades, les accidentés, elle s'en accommode plus ou moins. Le plus dur, ce sont les autres, ceux qu'une balle ou une lame de couteau a arrachés à l'existence, ceux dont le destin a été soldé un matin poisseux par un cinglé en croisade ou un truand en cavale. Ses mains et ses souvenirs sont couverts d'un sang qui n'est pas le sien et qui, pourtant, d'une manière ou d'une autre, lui appartient. Les cachets aident, la plupart du temps.

Le rouquin les entraîne à travers un dédale de ruelles désertes, quelque part entre l'avenue Janvier et la rue Saint-Helm. Elle se demande un instant s'il rentre chez lui, et ce qui va se passer.

5

Des collants

Whistlin' out the same old tune
Whistlin' in the dark is the loudest tune

Jukebox Lean, NEW BOMB TURKS

Je m'engage dans une impasse menue qui reflète bien ce qu'est devenue cette ville. Des maisons de deux étages, dans un état de délabrement relatif, y côtoient un vieil immeuble du début du vingtième siècle et des bâtiments en construction, aussi neufs que moches, bardés d'échafaudages. En revanche, ni bureaux ni boutiques, rien qui ressemble à un lieu de travail quelconque. Peut-être bien que Merle bosse dans le bâtiment. Ou que c'est par là qu'habite la fille au rouge à lèvres rose clair. Et cette foutue clef pourrait aussi bien être le genre de babioles qu'on trimballe de déménagement en déménagement, sans plus trop savoir ce que ça ouvre. Sauf que des babioles, chez Merle, il n'y en avait pas. Et vu comment il a l'air de s'y prendre pour refaire du papier peint, il pourrait concourir pour la place du plus mauvais ouvrier de France.

Je fais jouer mon passe et entre dans la vieille bâtisse. Les noms affichés sur les boîtes aux lettres ne m'évoquent rien. Au fond, un morceau de couloir donne sur un petit ascenseur et une cage d'escalier. Un gros battant de bois peint grossièrement en brun ressemble trait pour trait à un accès au caves. Je tente ma chance, mais il est fermé. J'essaie la clef, mais elle ne s'enfonce qu'à moitié. Je reste quand même là quelques minutes, pour reprendre mon souffle et profiter de la fraîcheur moisie qui en émane.

L'ascenseur est étroit, il grince, gémit, mais fait son boulot et m'emmène jusqu'à son terminus, le cinquième étage. Je sors sur un palier sombre, qui donne sur deux appartements. Comme dans pas mal de ces vieux édifices, on accède au dernier étage à pied. Celui-ci est en fait un long couloir percé de portes. Des chambres de bonne. Je le sais pour avoir vécu dans des piaules du même acabit. Le plus délicatement possible, je m'aventure le long du corridor, tendant l'oreille. Sur la droite, le babillage d'un journaliste filtre à travers les murs peu épais. Les autres cambuses ont l'air vides.

À la troisième porte, la clef rentre et fait jouer la serrure. Malgré ce qui me grignote l'arrière du crâne, je ne peux réprimer un rictus de satisfaction. Je pousse le battant sur une mansarde assez spacieuse éclairée par les timides rayons du soleil couchant. Et je comprends immédiatement dans quel genre d'endroit je me trouve. Tout y est : des packs d'eau, un matelas de mousse à même le sol, un sac à dos, une cafetière électrique dans un coin de la pièce, quelques boîtes de conserve, un réchaud à gaz, une pile de bouquins, un poste de radio et un appareil photo équipé d'un téléobjectif démentiel braqué à la fenêtre. C'est une planque.

Au milieu de la pièce, une table, en fait un battant de porte sur des tréteaux, accueille un ordinateur massif. La tour est ouverte, et un gros ventilateur est collé dans le boîtier pour rafraîchir la carte mère. Il règne une chaleur étouffante. Je cherche une box, un modem, mais il n'y en a pas. Pas non plus de carte wifi dans la machine. Quoi que Merle ait voulu faire ici, il tenait à ce que ça reste discret. Plusieurs clefs USB et cartes SD sont éparpillées à côté du clavier. J'en ramasse une, machinalement, et appuie sur le bouton de démarrage du PC. Pendant qu'il se lance, je vide le contenu du sac à dos sur le duvet : deux pantalons, un pull, deux t-shirts, trois paires de chaussettes, deux caleçons, une brosse à dents, un tube de dentifrice, une barre de savon de Marseille, une bombe de déodorant, une trousse de secours, le parfait kit de première nécessité, prêt à emporter si on doit décarrer rapidement. Dans les poches latérales, je trouve un couteau multifonctions, une boussole, plusieurs cartes IGN et une enveloppe plastifiée. Je fais sauter le ruban adhésif qui la tient fermée et l'ouvre. Elle contient un téléphone portable fin, minimaliste, le genre d'appareil qui dispose encore d'un clavier. La batterie et une carte SIM sont scotchées sur la coque. Quatre chiffres ont été écrits au stylo sur le ruban adhésif. Le tout gagne un aller simple pour ma poche. Il y a autre chose dans l'enveloppe. C'est une photo, un vieux tirage aux couleurs passées. Je l'approche de la fenêtre pour saisir un peu de la lumière finissante, et une secousse électrique me fout le cul par terre. On y voit un couple entourant un gamin. Ils sont tous revêtus de la même combinaison chatoyante, rouge, jaune et vert, des collants de gymnastes. Le cœur serré, je me corrige : des collants d'acrobates.

Richard.

Merde.

Je perçois sans vraiment l'entendre le crissement d'une semelle sur le bois sec. Quelque chose éclate à l'arrière de mon crâne, et je m'écrase sur le parquet.

6

La torche humaine

La ville s'éteint
Dans un souffle bouillonnant
Un être humain meurt

Élise se pince les pommettes pour lutter contre la torpeur qui la gagne. L'absence de sommeil, conjuguée à l'effet des médicaments et à la chaleur qui refuse de tomber, pèse sur ses paupières. Son cerveau tourne au ralenti. Elle a envie d'une cigarette, et cette envie est renforcée par l'impossibilité d'y céder. La clope et la planque ne font pas bon ménage la nuit. La probabilité que qui que ce soit aperçoive le bout incandescent rougeoyer dans les ténèbres est proche de zéro, mais c'est quand même un risque inutile. Elle est déjà suffisamment dans la merde.

Six étages plus haut, la lumière à la fenêtre gagne brusquement en intensité. Un instant plus tard, la porte de l'immeuble s'ouvre. Le grand brun en bombers et son acolyte à casquette en jaillissent. Ils ne courent pas, mais leur allure est rapide. Ils regagnent leur voiture. Avant de s'installer au volant, le conducteur pose sa grosse main pleine de bagues sur la portière et jette un dernier regard satisfait derrière lui. Puis il démarre en faisant gémir le moteur.

Dès que les feux arrière de leur bagnole ont disparu, Élise sort de son abri et gagne l'impasse, les yeux levés. En haut, une lueur irrégulière mais de plus en plus vive remue derrière la vitre. Merde. Merde, merde, merde. Depuis trois ans qu'elle bosse pour des compagnies d'assurances, elle a vu suffisamment de granges anéanties, de baraques aux murs noircis, de hangars dont il ne restait que la structure altérée par la chaleur, recueilli bien assez de témoignages de voisins réveillés par le staccato insolite d'une toiture qui éclate ou les hurlements des bêtes captives pour ne pas tout de suite comprendre ce qui se passe. Ces abrutis ont foutu le feu. Trois hommes sont entrés, deux sont ressortis en allumant un incendie derrière eux. Le rouquin est probablement là-haut, attendant d'être cramé. Il est peut-être déjà mort. Merde.

La partie d'elle qui est raisonnable et sensée lui hurle de foutre le camp, de rentrer chez elle, de faire profil bas. Elle n'a rien à gagner ici. L'histoire continuera sans elle et personne ne lui reprochera jamais rien. Mais quelque part dans un recoin de son âme, une voix égrène ses morts, elle les compte, pèse ces disparitions abruptes, inutiles et absurdes. Il y en a déjà trop pour une seule vie.

Un hurlement l'arrache à son inertie. Une fenêtre vole en éclats et une forme enflammée se jette des hauteurs et tombe sans cesser de crier, terreur, douleur, désespoir. La torche humaine n'arrête que quand son crâne heurte le bitume, vingt mètres plus bas. Élise pleure.

En haut, une silhouette se découpe derrière une autre fenêtre. Sombre, noyée dans la fumée, mais mobile. Élise se mord les lèvres. Le type est vivant. Il va rôtir vif. Ou être asphyxié par les gaz brûlants avant. Elle voudrait se précipiter à l'intérieur, grimper les étages. Mais s'il est à la fenêtre, c'est que sa retraite par le couloir est coupée. Il est acculé par les flammes, il va sauter dans le vide lui aussi.

Le montant de la fenêtre cède. Le vent sec s'y engouffre et l'encadrement se met à briller comme un soleil d'août rouge et lourd. La silhouette enjambe le rebord. Ses pieds se calent dans la gouttière et, à plat ventre sur le toit pentu, l'homme rampe vers la droite. La fenêtre dégueule des gerbes incendiées qui viennent lécher son manteau. Autour de lui, pendant qu'il progresse beaucoup trop lentement, des ardoises commencent à claquer sous l'effet conjugué de la pression exercée par le bûcher qui se déploie dans la soupente et de la chaleur qu'il dégage. De petites flammèches jaillissent à présent un peu partout sur la surface grise. Il ne va jamais s'en sortir. Ses options semblent se réduire à cramer sur un gril de schiste ou à s'écraser sur l'asphalte de la rue bercée par les premiers rayons de lune.

Qu'est-ce qu'il fera quand il arrivera au bout ? Le toit de l'immeuble voisin est beaucoup trop haut. Il faudrait qu'il réussisse à gagner l'échafaudage. Et c'est un sacré saut à faire sans élan, avec pour seul appui une gouttière qui menace de céder.

Élise se précipite vers la structure métallique.

7

Le saut dans le vide

> Il y a le feu partout, c'est la fête des fous
> Il y a le feu partout, vive le feu, vive les fous
>
> *Vive le feu*, BÉRURIER NOIR

Cette ville me tuera. Et si c'est pas pour maintenant, je sais que ça viendra. Que je ne puisse pas faire un pas sans buter contre un pavé et les souvenirs de ma jeunesse chaotique et décousue, je m'y attendais en revenant. Mais Richard… Il n'a rien à faire dans le tableau. Et Merle, qu'est-ce que c'est que ce nom ? Il appartient à une époque de ma vie que je croyais enterrée.

Je l'ai rencontré il y a des années de ça, après avoir fui la ville en laissant derrière moi quelques morts, Louise, mon ex, sur un lit d'hôpital, et Corynthe, mon amour de jeunesse, en prison, à ma place. De quoi devenir cinglé, et je peux dire aujourd'hui que je n'avais plus toute ma tête. Le sommeil se dérobait sans cesse, et quand l'épuisement avait raison de ses résistances, il m'apportait son lot de songes cauchemardesques où l'éclat d'une vitre qui se brise sous le poids d'un corps trop lourd le disputait au tonnerre des coups de feu. J'ai encore le souvenir confus de plusieurs semaines d'errance somnambule, à sauter d'un train à l'autre, pour aller quelque part, n'importe où, tant que c'était ailleurs. Je me rappelle les jours et les nuits solitaires passés dans l'épaisseur des forêts, mon auberge à la Grande Ourse, puis des nuits glaciales de l'hiver qui m'avaient rabattu vers les zones urbaines, leurs caves, leurs halls d'immeuble et leurs asiles de nuit.

Mon itinéraire erratique avait fini par croiser celui du cirque Gufo, loin d'ici, à la frontière espagnole. En une poignée de main, j'étais devenu baltringue et mettais fin à la solitude qui me grignotait l'âme. D'étape en étape, sans faire véritablement partie de la famille, j'avais intégré la troupe. J'ai même donné moi aussi quelques numéros. Peter Punk, le clown déglingué. Tu parles d'un nom.

Richard avait alors huit ou neuf ans. Lui et ses parents voltigeurs, les Grifiss volants, donnaient une brillante prestation, bondissant de trapèze en trapèze. Un après-midi, sur la côte, en plein milieu d'une représentation, l'un des agrès s'est cassé. Les Grifiss père et mère ont pris plus de dix mètres de chute, tête la première. Ils sont morts sur le coup, devant leur gosse et leur public.

Les gendarmes ont conclu à un accident… Pas moi. Ce que j'ai fait ensuite a ajouté une couche à mes mauvaises nuits. J'ai quitté le cirque après ça, et je n'ai plus jamais vu Richard. Jusqu'à ce que je le croise sans le reconnaître, ce soir sur le parking de l'hôtel de police.

Où je me suis retrouvé parce qu'il a essayé de me joindre, juste avant d'être arrêté pour meurtre.

Couché sur mon toit, les mains et le cœur déchirés, je suis à bout de forces. La déclivité de la toiture crée un décalage entre les bâtisses. Je ne pourrai jamais grimper sur l'immeuble d'à côté. C'est foutu. C'est trop con de mourir au printemps. Je voudrais pas crever, pas comme ça, pas maintenant, pas sans avoir connu les chiens noirs du Mexique, les roses éternelles, tous les enfants contents, et tant de trucs plus forts que l'odeur de la mort. Je me rappelle Corynthe. Et le reste est facile.

Penché au bord du vide, les yeux ouverts, je saute.

Je ne vois pas ma vie défiler devant mes yeux. Pas toute. Une série d'instantanés qui se bousculent, tout au plus. Mon père excédé qui me jette une brique sur le crâne. Corynthe, qui promet de m'écrire quand l'assistante sociale l'emmène. La fac, éthylique et studieuse, Justin qui se vomit dessus au petit matin. Corynthe, qui revient dans ma vie. Journées pleines, nuits intenses, une parenthèse de bonheur. La discorde. Corynthe me quitte. Le dernier souffle de Farid, mort sous les balles de la police, dans mes oreilles. Mon avenir sabordé. Louise. Des types essaient de me tuer. Ils meurent. Baloo essaie de me tuer. Il meurt. Un époux bafoué vient d'étrangler sa femme. Il meurt. Une corde craque. Deux trapézistes meurent. Une grille se referme sur un faiseur d'orphelin. Il meurt. Une vieille maquerelle et des voyous s'engueulent, ils meurent devant mes yeux et rejoignent la cohorte des fantômes qui me hanteront jusqu'à mon lit de mort. Corynthe sort de la prison des femmes, elle est amaigrie, elle a coupé ses cheveux, elle est contente de me voir. Elle est dans mes bras, elle pleure, elle me quitte. Je pars au diable, dans le premier train, et m'embarque pour cinq ans de folie et dix ans de silence…

Mon corps heurte de plein fouet un tube métallique moucheté de ciment. Mes mains agrippent un montant de ferraille grise, attache fragile, la faiblesse de mes doigts moites contre l'appel du vide. C'est mince comme horizon de survie. Je voudrais me hisser, mais je n'ai plus de jus. Puis j'entends le martèlement d'une cavalcade au-dessus de moi. Manquait plus que ça. Je suis déjà au bord du gouffre, et voilà que les connards qui ont foutu le feu viennent me finir. Je vais tomber de toute manière, les gars, la seule question, c'est de savoir si je vais voir les quinze dernières années en dégringolant les six étages qui me séparent du trottoir. La lueur orangée et capricieuse de l'édifice qui crame dessine au-dessus de moi les contours d'une silhouette incontestablement féminine. Elle est grande, elle est brune, et elle serait sans doute belle si elle n'avait pas les yeux aussi gonflés. Deux mains solides saisissent le col de mon manteau.

Elle tire, j'attrape un bras, une jambe, j'essaie de me

hisser vers elle, ahanant. Mes pieds cherchent un appui. Les siens sont calés contre les montants. Mes épaules effleurent ses genoux. Elle murmure quelque chose qui se perd dans la nuit. Nous sommes deux lutteurs à la peine, notre mêlée nous arrache des grognements haletants, je sens – je sens ! – l'odeur de sa transpiration, de son haleine, de ses cheveux, quand dans un ultime effort elle m'arrache à la mort en me ramenant contre son corps. Étourdis et pantelants, à bout de forces, nous essayons de retrouver notre souffle et de calmer les battements de nos cœurs, trop rapides, saccadés, étrangement synchronisés, pourtant. On dirait que je vais vivre encore un peu.

Message à Peter Punk

Boîte vocale, message archivé n° 2

C'est encore moi, Richard. C'est court, un message, va falloir que je parle plus vite. J'allais te dire que j'ai déjà connu des galères. Après l'histoire de mes parents, tout le cirque est parti en vrille. La vieille s'est ouvert les veines et son Lucciano s'est pendu… Je me suis retrouvé dans un foyer, à prendre des roustes et à en donner, à étouffer mes larmes dans mon oreiller, à serrer les dents dans les couloirs, les sanitaires, le réfectoire.

Et puis il y a eu les Merle, Boris et Victoire. De chouettes gens. Abîmés, mais gentils. J'ai retrouvé une famille. Ça a pas duré trop longtemps. Bref…

J'ai commencé à avoir des problèmes, après ça. Je passais mon temps au commissariat, et chaque fois, ça chauffait un peu plus. Et comme j'étais plus à une connerie près, je me suis engagé dans l'armée. J'ai fait ce drôle de métier de tuer avant d'être tué.

J'ai voyagé pas mal. La Syrie, surtout.

Je crois bien qu'au fond je voulais crever.

Je sais pas trop pourquoi je te raconte tout ça. Je tourne autour du pot, je crois.

Fin du message.

8

Clair-obscur

> - - De permanence téléphonique à notre domicile. - - -
>
> COMMANDANT JUSTIN BRINCOURT,
> *procès-verbal de saisine*

La coupure pub tire Justin de son assoupissement. Enfoncé dans le cuir moelleux du canapé vert d'eau, il bat des paupières dans la pénombre et pose une main sur l'épaule de Céline.

— Tu t'es endormi.

Il plisse un visage bouffi de fatigue. Sa femme lui rend son sourire et caresse sa joue du bout des doigts. Justin attrape doucement son poignet et dépose un baiser sur sa paume, puis sur chacun de ses doigts. Il s'extirpe du creux dans lequel son corps s'est enfoncé et se rapproche de Céline, l'embrasse, caresse son cou, sa gorge, ses seins. Leur souffle s'emballe. Elle approche ses lèvres de son oreille et murmure :

— Et si on montait ?

— Si on restait là ?

Elle rosit. Justin trouve ça charmant, et même excitant. La maison est à eux. Ils n'ont pas besoin de faire l'amour à voix basse enfermés dans leur chambre une fois les enfants couchés. Louis est dans son internat à Coët, Ferdinand passe la soirée chez un copain. Pourtant, Céline se dégage de son étreinte.

— Je veux prendre une douche. Je n'en ai pas pour longtemps. Attends-moi dans la chambre.

Il s'apprête à protester. Elle le fait taire du bout de l'ongle.

— J'espère que tu as tes menottes.

Elle tourne les talons en riant. Justin la regarde monter les marches, le sang fouetté par le corps ferme de son épouse, le galbe de ses jambes et la courbe douce de son interminable chute de reins. Il gagne le vestibule, fouille son manteau accroché à la patère de cuivre. Il ne s'agirait pas d'avoir oublié les clefs.

La sonnerie de son téléphone douche son excitation. À presque vingt-deux heures, ça ne présage jamais rien de bon.

— Oui.

— Commandant, c'est la Salle. Il y a un incendie derrière la rue Saint-Helm.

— Et alors ?

— Ben, c'est vous, la permanence PJ, non ?

— La Crime. Appelez la Sûreté.

— C'est qu'il y a un mort.

Justin soupire et jette un regard triste vers le plafond en remisant clefs et menottes dans sa poche.

Vingt minutes plus tard, le commandant Brincourt gare la voiture de service rue de la Monnaie. Il trottine vers la rue des Portes bordelaises, gravit trois à trois les escaliers branlants, jusqu'à la porte barrée de rubans police. Il la pousse et une odeur pestilentielle se répand sur le palier. L'appartement est toujours vide. Il redescend les marches en courant et regagne la bagnole.

La bulle sur le toit, il emprunte plusieurs sens interdits, peignant de bleu les murs gris du centre-ville, les pavés inégaux et la ferraille des rideaux abaissés sur les vitrines des boutiques. En longeant les quais, il fait un écart pour éviter un pneu qui achève de brûler au milieu de la chaussée. Une centaine de mètres plus loin, une unité de CRS est occupée à menotter une poignée de contestataires tardifs. Peut-être ceux qui ont allumé le pneu. Peut-être pas. Ça n'a pas vraiment d'importance. Ils sont six, ils ont tous les âges et quatre arborent des gilets jaunes recouverts d'autocollants syndicaux et de slogans inscrits au feutre noir. Certains portent sur le visage les stigmates visibles d'une correction musclée. Les agents de maintien de l'ordre, harnachés comme un jour de guerre, les ont placés en ligne, à genoux, les mains sur la tête. Ça n'empêche pas l'un d'entre eux d'invectiver les bourrins. C'est un homme d'une cinquantaine d'années au ventre saillant. Une longue traînée rouge coule du coin de son oreille jusqu'aux poils qui dépassent du col de son t-shirt « Paris 2012 ».

— Venez avec nous, au lieu de nous taper dessus. Ça vous concerne aussi. On est des travailleurs, des prolos, et vous aussi. C'est pas parce qu'ils vous ont collé un uniforme que vous devez laisser votre cerveau au vestiaire.

Brincourt passe au ralenti. Il saisit la réponse laconique d'un brigadier : Ta gueule. L'autre continue.

— Ce qu'ils nous font, ils vous le font. À vous, à vos gosses, à vos voisins. Ils vous ont lâché une prime, mais ils vont vous prendre tout le reste. Ils ne tiennent que par vous.

Brincourt les dépasse. Du coin de l'œil, dans son rétroviseur, il voit le brigadier sortir une gazeuse et asperger le visage de son interlocuteur. Force appartient à la loi.

Il accélère. Un incendie l'attend, ailleurs.

Il ne prend pas le chemin le plus direct pour s'y rendre. Il sillonne les ruelles, les coins sombres, les chemins que suivrait quelqu'un qui ne veut pas qu'on le voie. Et ça finit par payer. Dans une minuscule allée encastrée entre de vieilles bâtisses à colombages, au-dessus de la place des Petits-Papiers, il aperçoit deux silhouettes progressant dans l'ombre. L'une d'elles porte un long manteau qui lui descend jusqu'aux genoux.

Justin enclenche la marche arrière et, après un demi-tour tout en douceur, il contourne le pâté de maisons. Il pile une rue plus haut, juste devant le tandem. Les flaques de ténèbres qui se répandent l'empêchent de discerner les traits de la personne qui l'accompagne, mais celui qui marche en tête lui jette un regard noir. Desmund Sasse n'a pas l'air heureux de le rencontrer.

Ils restent un instant à se jauger à travers le pare-brise, puis Justin ouvre sa portière et sort. Il sait qu'il devrait trouver quelque chose à dire pour apaiser un peu la rogne de celui qui fut et est peut-être encore son ami. Mais certaines habitudes ont la vie dure.

— Qu'est-ce que tu fiches ici ?

Desmund secoue la tête en pinçant les lèvres.

— Moi aussi, ça me fait plaisir de te voir, Justin. Comment vont Céline et les enfants ?

— C'est bien le moment de t'en inquiéter. Tu peux m'expliquer ce que tu fous là ?

— Je me balade. J'ai le droit de marcher dans la rue ou tu vas encore me faire coffrer en souvenir du bon vieux temps ?

— Arrête un peu, Des. Un type est mort. T'es sorti de garde à vue depuis quoi, trois heures ? Et je te croise à trois cents mètres d'un incendie. Donne-moi une bonne raison de pas t'embarquer.

— Trouve une seule bonne raison de le faire. Tu vas perdre ton temps, le mien, et le procès que je vais te faire. Toi et tes petits soldats, vous me brisez les noix. Dès qu'il y a une tuile dans cette putain de ville, il y a toujours un petit malin chez vous pour penser à moi. Vous faites un concours de conneries ou vous êtes à court d'idées ?

— T'imagines pas un seul instant la pression qu'on te fout quand un conseiller régional se fait buter.

— La même que pour n'importe qui, j'en suis sûr.

— Ne me fais pas dire ce que je n'ai pas dit. Bien sûr que tout le monde compte. Mais Léo Cap pèse… pesait lourd pour pas mal de monde.

— Et il compte plus que les riens… Vous êtes en train de vous planter.

Brincourt baisse la tête et pince la base de son nez entre deux doigts longs et fins.

— Écoute-moi bien, Desmund. Rentre chez toi, et prie pour qu'on boucle cette affaire rapidement. Prie pour qu'on trouve pas autre chose qui te relie à Richard Merle. Ou fais ce que tu fais le mieux : quitte la ville…

— Et ne reviens jamais, tu me l'as déjà dit.

— Personne ne plongera à ta place, cette fois.

C'est un coup bas, Justin le sait bien, et il n'en est pas très fier. Mais Desmund peut l'encaisser, il a le cuir solide, et son caractère de con entraîne invariablement des réactions agressives. N'empêche, ça n'est pas du tout comme ça qu'il voulait que ça se passe.

— Et personne n'aura à le faire. J'ai les mains propres, Justin. Toi, par contre, t'es en train de t'engouffrer dans une impasse.

— Richard Merle est notre suspect. C'est un type instable qui a probablement agi de son propre chef. On a trouvé l'arme du crime chez lui.

Des lui rit au nez. C'est plus fort que lui.

— Et tu crois ça, toi ? Le mec prend un rendez-vous avec Léo Cap, le dessoude, repart avec le schlass et le range tranquillement sous son lit ? Si cet abruti de Monigote est suffisamment con pour mordre, toi, tu devrais sentir le pet foireux à des kilomètres. Je ne sais pas qui t'a chié dans le crâne, Justin, mais t'as de la merde dans la tête.

Justin ne répond pas. Pas parce que cette histoire pue le rat crevé. Il le sait trop bien, depuis le moment où il a vu le nom de Merle sur le carnet de rendez-vous. La cause réelle de son mutisme est grande, brune, son visage livide vient de sortir de l'ombre. Justin recule instinctivement.

— Élise…

— Commandant Brincourt.

Elle appuie nettement sur les trois premières syllabes, le grade efface le nom qui se termine en murmure. Les traits de la jeune femme se brouillent, comme voilés. Justin fronce les sourcils. Son regard accroche l'épaule de Desmund, d'où un mince filet de fumée monte en volutes discrètes. Justin pose une main lourde sur l'étoffe qui se consume. Depuis l'habitacle du véhicule, la radio police grésille. Un camion rouge déboule sur le boulevard, sirène hurlante.

— Une amie à toi ?

— T'as qu'à lui demander.

— T'as rien à me dire, j'imagine ?

— Pas pour le moment. Embrasse Céline.

— Certainement pas. Rentre chez toi, Desmund. Et restes-y.

— Ça risque pas. Depuis que tes gros cons de collègues l'ont retourné, mon appart ressemble à Bagdad.

Justin retire son poing fermé et ouvre les doigts. Le vent emporte un petit nuage de cendres qui va se perdre dans la nuit.

— Où je peux te trouver ?

Desmund ferme les yeux, soupire.

— Chez Marv. Au New rose.

Justin hoche la tête. Sans un mot de plus, il tourne les talons et regagne sa bagnole.

Un épais nuage noir tache la nuit et son ciel sans étoile, montagne d'obsidienne érigée au-dessus de la ville, un phare en négatif qui guide le flic vers sa destination. Brincourt s'arrête en pleine voie, derrière un cortège de véhicules de tout ce que Morclose compte de services d'urgence : police, ambulances, pompiers, sécurité civile,

GDF, EDF, tout le monde est là. En arrivant au coin de la rue, il joue des coudes pour écarter les badauds, les journalistes, les affolés, les traînards et les insomniaques. Les types en armure de combat qui assurent le périmètre le reconnaissent et le laissent passer. La ruelle est encombrée. Au milieu des deux camions d'intervention et du ballet des soldats du feu, les habitants de l'immeuble évacués en urgence errent hébétés et fascinés par la destruction de leur domicile. Certains pleurent, d'autres tirent nerveusement sur le coin de leur peignoir ou de la couverture qui recouvre leur intimité. Monigote questionne une gamine de seize ans en reluquant la naissance de ses seins par l'échancrure du t-shirt trop grand qui lui tient lieu de chemise de nuit. En apercevant son chef de groupe, il prend congé de son témoin et s'approche.

— Commandant.

— 'soir, Monigote. Qu'est-ce qu'on a ?

— Le feu a pris dans les combles, il y a moins d'une heure. Il s'est développé rapidement. La toiture est complètement partie, le dernier étage est touché par les flammes. L'immeuble a été évacué.

Justin acquiesce.

— Le feu est parti comment ?

Monigote jette un œil à la tablette qui ne le quitte jamais.

— Le sergent-chef Marek dit qu'il est trop tôt pour se prononcer. La vitesse de déploiement pourrait faire penser à un allumage avec « emploi d'accélérant », mais personne n'a vu le départ de feu. Ça peut aussi bien être un échauffement électrique. Pour peu que quelqu'un ait stocké des produits inflammables dans un grenier, avec la chaleur et le vent sec, ça peut facilement dégénérer.

— J'imagine qu'on ne peut pas aller jeter un œil ?

— Pas pour le moment. C'est une fournaise, là-haut. La structure a été touchée, et deux pompiers ont traversé le plancher du cinquième.

— Bien sûr. La victime ?

— Attendez... Erwan Leguen, trente-sept ans. Il squattait la chambre de bonne de sa tante en attendant de trouver un boulot. On pense qu'il a été surpris par le feu, qu'il s'est retrouvé coincé dans sa piaule et qu'il a sauté par la fenêtre pour échapper aux flammes. Il est couvert de brûlures.

— C'est ça qui l'a tué ?

— Une ambulance l'emmène chez le légiste mais, à première vue, il est mort quand sa tête a rencontré le coin du trottoir, là-bas.

Justin tire nerveusement sur sa vapoteuse. Il déteste les incendies. Un feu, ça ne laisse rien derrière soi, que des indices en creux. Certains types sont des experts, il en a déjà vu en action, des cadors qui sont comme chez eux dans un champ de ruines carbonisées et connaissent tellement leur affaire qu'ils récupèrent une vieille ampoule pour identifier un foyer principal, examinent un tas de cendres et pointent à coup presque sûr l'endroit où un liquide inflammable a été répandu. Brincourt ne sait rien faire de tout ça. Il est juste assez au parfum pour se dire qu'un incendie peut se développer beaucoup plus vite quand on balance de l'essence dans un coin. Assez aussi pour savoir qu'ils ne trouveront rien, pas une empreinte exploitable, pas un papier et, apparemment, pas un témoin.

Il en a bien un, lui, de témoin. Du genre réticent. Justin regarde le bordel autour de lui et se dit que Desmund n'a pas perdu de temps.

9

La machine détraquée

> *Pull a u honey, and get me too*
> *I'm your black magic*
> *And your two dollar, go right*
>
> *Pull a U*, THE KILLS

Un joyeux brouhaha couvre notre silence dès que je pousse la porte du New rose. Au fond, une fille aux cheveux verts malmène une guitare désaccordée et, d'une voix cassée qui pourrait être jolie si elle n'était pas fausse, elle massacre un vieux morceau de Johnny Cash. Les clients bourrés n'en font pas cas et braillent un yaourt dissonant mais enjoué pour l'accompagner. Derrière son zinc, Marv tire un pichet de bière qu'elle arrose de triple sec. Elle a à peine le temps de le poser devant elle qu'il disparaît dans la foule compacte qui se masse au comptoir. Elle plisse les yeux, griffonne quelque chose sur une feuille de papier et se tourne vers moi. Le sourire qui s'amorçait s'arrête à mi-chemin quand elle s'aperçoit que je ne suis pas seul. Ça lui fait une drôle de gueule, à Marv, d'être figée entre deux comme ça, à se faire des idées. Sans que je sache trop pourquoi, je me sens un peu mal à l'aise. Rien n'est jamais aussi clair et simple qu'on voudrait bien le croire. À côté de moi, Élise, puisque c'est son nom, balaie la salle d'un regard neutre. J'écarte deux ivrognes qui jouent aux dés pour m'approcher du zinc.

— Salut, Marv. Je suis avec une amie, on va monter.

Elle hoche la tête sans rien dire, comme si elle attendait que je m'explique. Je devrais peut-être le faire, même si je ne vois pas trop pourquoi. Et à vrai dire, je ne saurais pas vraiment par où commencer. Élise et moi n'avons pas échangé plus de quatre phrases depuis qu'elle m'a évité le plongeon. J'essaie de sourire, j'y arrive à moitié.

— Justin passera peut-être. Si jamais il me demande, tu pourras me prévenir ?

Elle acquiesce. Je la remercie, et fais signe à Élise de me suivre dans les escaliers. Une volée de marches grimpe dans la pénombre jusqu'à la salle du haut, où quelques clients s'abrutissent sur l'écran de leur téléphone en laissant tiédir leur bière en silence. Je me dirige vers le fond et tire sur l'échelle amovible qui se trouve derrière le bar. La trappe du plafond est trop lourde et ses charnières mériteraient d'être graissées, mais elle finit par s'ouvrir sur le studio. C'est une piaule rudimentaire mais bien aménagée. Les murs sont couverts de posters de vieux groupes de la scène alternative, majoritairement des années quatre-vingt-dix. Un clic-clac brun qui doit bien avoir vingt ans occupe presque toute la longueur de l'un des murs. Devant ce canapé qui a vu passer quantité de culs et de siestes avinées, une petite table à roulettes en bois peinte en bleu supporte un cendrier et une bouteille d'eau gazeuse. En face, une porte mène aux chiottes, une autre à un réduit où on a réussi à caser un minuscule lavabo et un bac de douche à l'émail craquelé. Dans le renfoncement qui jouxte la cabine, Marv a fait poser un étroit plan de travail entre le mur et l'évier en fer. Un four à micro-ondes et deux plaques de cuisson y sont branchés. Dans le coin de la pièce, du côté de la fenêtre, j'avise un pouf, une chaise et, prenant tranquillement la poussière, un accordéon chromatique sur lequel est gravé en lettres rouges mon nom de scène. Peter Punk. Marv a insisté pour le garder. Elle avait sans doute peur que je le refourgue à un brocanteur. Et elle a sans doute eu raison.

— C'est sympa chez toi.

La jeune femme étudie d'un air amusé une affiche de Therapy?, celle de leur album *Troublegum*, où un type a la tête dans une poubelle. Je récupère deux verres dans un placard et les remplis d'eau pétillante.

— Assieds-toi où tu veux.

Elle s'installe dans un soupir sur le canapé. Je rapproche la chaise et m'assieds en face d'elle. Plusieurs signes trahissent sa nervosité : son pied qui bat un rythme qu'elle est la seule à entendre, les contractions involontaires qui remuent l'ourlet de sa lèvre inférieure, sa respiration trop rapide qu'elle essaie de contrôler. Je veux me rouler une clope, mais mes mains moites et agitées de tremblements ne me laissent pas faire. Je perds le filtre, en remets un, fous la moitié du tabac par terre, et finalement déchire la feuille. Le craquement métallique d'un briquet qu'elle allume ramène la femme au centre de mon attention. Elle me tend son paquet. Après avoir pioché une cigarette, je le lui rends. Elle le range dans la poche de sa veste et y laisse sa main. On se regarde un long moment, sans rien dire. La fumée tabagique se répand tranquillement autour de nous. Un tas de questions se bousculent dans mon crâne et, j'imagine, dans le sien. Mais on continue de s'observer attentivement, les neurones en ébullition, l'âme incertaine, fascinés et méfiants. J'écrase mon mégot sans la quitter des yeux, puis je hisse le drapeau blanc.

— Merci.

De l'air s'échappe de ses narines, comme l'amorce d'un rire nerveux mort-né.

— De rien.

— J'ai failli crever, ce soir, et, sans toi, je me répandais sur le trottoir.

Elle hoche doucement la tête.

— Tu connais ces types ?

Sa voix est calme, chaude. Mes épaules se haussent malgré moi.

— Je ne savais même pas qu'il y en avait plusieurs. Je ne les ai pas entendus arriver. Ils m'ont assommé et, quand je me suis réveillé, la turne était en train de cramer. Ils ressemblaient à quoi ?

— Ils étaient deux. Un petit trapu, brun, trente-cinq ans peut-être. Les yeux bleus, un blouson léger beige, des jeans, baskets, et une casquette des Yankees. L'autre est plus grand, musclé, sec, les cheveux noirs, légèrement dégarni, la peau grêlée, avec un bouc. Bombers noir, des bagues plein les doigts et une chaîne autour du cou.

J'ai beau me creuser la tête, ça ne me dit rien. Ça ne veut pas dire grand-chose.

— A priori, je ne les connais pas. Ils me collaient aux basques, hein ?

Elle acquiesce d'un bref mouvement de tête. Je ramasse mon paquet de tabac et m'adosse à la chaise.

— Depuis quand ?

Elle ne répond pas tout de suite. Pour lui montrer que j'ai tout mon temps, j'entreprends de me rouler une clope. Mes mains tremblent moins. Elle boit un peu d'eau, cligne des yeux et change de position.

— Depuis que t'as visité l'appartement de Richard Merle.

Nous y voilà. Le premier fil de l'écheveau tiré, encore faut-il savoir par quel bout prendre le reste pour défaire les nœuds plutôt que d'embrouiller encore plus la vérité.

Je m'accorde quelques secondes pour examiner mes différentes options, en éliminer quelques-unes que je trouve vraiment mauvaises et peser les réactions que les autres vont provoquer.

— Techniquement parlant, c'est pas une effraction. Je n'ai rien esquinté pour entrer, à part ma carte d'identité. Et toi non plus.

Si ça la surprend, elle n'en montre rien. Alors j'enchaîne :

— Quelqu'un se trouvait déjà dans l'appartement quand j'y suis allé. S'ils avaient été deux, surtout ces deux-là, je m'en serais rendu compte, et ils me seraient sans doute tombés dessus là-bas. Ils n'auraient pas cherché à me faire sortir. C'était plutôt malin, le coup du téléphone.

Elle ressort son paquet de cigarettes, se ravise et le pose sur la table basse. Quand elle se décide enfin à me répondre, le filet de voix qui s'échappe de ses lèvres est à peine audible.

— J'étais dans la salle de bains. Ils ont dû se mettre en chouf après que je suis entrée. Quelques minutes après que la police a quitté les lieux.

— Ou après mon arrivée. J'ai fait le tour deux fois en venant, et je ne les ai pas remarqués. La vraie question, c'est de savoir pourquoi ils étaient là. On va y venir. J'aimerais bien que tu me dises ce que tu tricotais dans cette salle de bains, mais j'imagine que je te dois bien de te raconter mon histoire d'abord. Je vais faire du café.

Je me lève et remplis le réservoir d'eau.

— J'ai passé une bonne partie de la journée en garde à vue. Richard Merle a tenté de m'appeler plusieurs fois ces derniers jours. Ça a suffi à certains flics pour penser que j'étais complice.

— C'est léger. Vous avez parlé ?

— Pas un mot. Mon téléphone est dans les scellés des flics depuis six mois.

Elle laisse filer un silence avant de réagir.

— Tu le connais, alors ?

— Jusqu'à ce que je me retrouve au milieu des flammes, je ne pensais pas. Il se trouve que c'est quelqu'un que j'ai connu il y a longtemps, dans une autre vie. Mais le nom ne me disait rien. Soit il a changé de patronyme, soit il a des faux papiers. Peu importe, au fond. Quand je suis sorti du commissariat, c'était juste un inconnu qui m'avait foutu dans le bain. Alors tu t'imagines bien que quand un type dont tu ne sais rien, suspect du meurtre d'un conseiller régional, essaie de te joindre, il y a de quoi titiller ta curiosité. Et comme je ne comprenais pas grand-chose, que je ne pouvais pas discuter avec Merle pour tirer ça au clair, je suis venu voir sur place. Sur le moment, ça me semblait être la chose à faire.

— Comment…

— J'ai piqué son adresse et deux ou trois informations dans le bureau des bourrins.

— La plupart des gens auraient attendu sagement chez eux.

— La plupart des gens n'ont pas un passif avec le Grec. Il fallait que je sache si ces deux-là étaient liés. C'est ma peau qui peut se jouer. Et de toute manière, j'avais plus de chez-moi. Les poulets ont ravagé mon appart.

Elle balaie le studio de ses yeux étranges, deux vastes bras de mer grise dont je devine qu'ils peuvent être magnifiques sous un soleil de printemps ou redoutables et mortels les jours de tempête. J'appuie sur le bouton de la machine et réponds à sa question muette.

— C'est pas chez moi. Marv me prête la turne le temps que je me retourne.

Elle hoche la tête et soupire.

— Le Grec… C'est pas la bonne personne avec qui se fâcher. Si ça se trouve les deux types te suivaient avant que tu n'ailles chez Merle.

— C'est une possibilité que je n'exclus pas. Il va falloir que je me renseigne.

Je prends appui sur le plan de travail et croise les bras. Le glouglou de l'eau qui s'engouffre dans les tuyaux occupe tout l'espace. L'odeur du café se répand autour de nous. Élise est plongée dans l'étude minutieuse de son paquet de clopes, tellement fort qu'elle en userait presque les inscriptions. Sans lever le regard, elle finit par parler.

— Merle était mon client. Et dans ma branche, quand un de tes clients se fait agrafer pour meurtre, ça n'est vraiment pas bon.

Elle réussit à me surprendre. Sa branche, elle n'a pas besoin de me dire ce que c'est. La femme qui se trouve en face de moi n'est ni pute ni avocate, ce qui revient plus ou moins au même. Non, tout en elle respire le flic, ou plutôt l'ancien flic : sa manière de fouiner sans gêne, celle qu'elle a de décrire les types, comme un signalement, le jargon qu'elle utilise par moments, et ce je-ne-sais-quoi d'indéfinissable qui marque les traits de tous ceux qui se sont frottés trop près et trop longtemps à la dégueulasserie du monde.

— Et qu'est-ce qu'un électricien de vingt-cinq ans peut bien demander à une détective privée ?

Elle finit par sortir une cigarette de son paquet. Elle ne l'allume pas, elle se contente de triturer le petit cylindre du bout des doigts.

— Un numéro de téléphone.

Un jet de liquide brun et fumant fuse de la cafetière et rate la tasse sur le bar. Une petite flaque se répand, ses contours prennent une forme qui ne ressemble à rien. J'achève de remplir les mugs, passe un coup d'éponge et fouille dans le placard. J'y déniche un paquet de sucre sans sucre, tout ce qu'il y a de plus bio, dans une jolie boîte vert et ocre en carton recyclé. Je pose tout ça sur la table basse et décide de prendre mon café noir.

— Bon… Tu vas chez lui pour vérifier que tu ne vas pas être emmerdée…

— Non. Je vais chez lui pour tirer ça au clair.

— Mettons. Là-dessus, j'arrive avec mes gros sabots, les deux guignols se mettent en planque et me collent au train quand je ressors. Et tu leur emboîtes le pas.

— C'est toi que je voulais suivre.

— Ben c'est probablement pas la plus mauvaise idée que tu aies eue. Je vais te donner le fond de ma pensée. Je suis à peu près convaincu que ton client n'a pas tué Léo Caprian. Quelqu'un essaie de lui faire porter les cornes.

Elle finit par allumer sa satanée clope, et fume en fermant les yeux.

— Pourquoi tu en es aussi sûr ?

— Je ne suis sûr de rien du tout. C'est juste que ça pue la combine. La piaule dans laquelle Laurel et Hardy me sont tombés dessus, c'était une planque.

Ses paupières s'ouvrent et une lame de fond jaillit vers moi.

— La planque, tu l'as trouvée avec les contraventions ?

— Toutes dans la même rue. La clef m'a bien aidé. Trop vieille pour la plupart des bâtiments. Elle ouvrait une petite chambre de bonne sacrément équipée. Des packs de flotte, des boîtes de conserve, de quoi tenir une bonne semaine sans sortir. Un ordinateur, des disques durs, des clefs USB, et un appareil photo digne d'un paparazzi, posé sur un trépied. Et dans un coin, tout le nécessaire pour décarrer rapidement. Richard était sur un coup, et il était très organisé. Ça ne colle pas du tout avec le tableau du type qui surine un notable en prenant rendez-vous et rapporte un objet incriminant chez lui.

— C'est sans doute ça que cherchaient les deux types. Ils savaient d'une manière ou d'une autre que Richard avait mis le nez dans leurs affaires.

— Et ils voulaient s'assurer que ça ne ressorte pas.

— Et tu les as emmenés tout droit sur ce qu'ils cherchaient. Tu as une idée de ce qu'il préparait, Richard ?

— Je n'ai pas vraiment eu le temps de me pencher sur la question. Mais pour que ces deux enculés foutent le feu en me laissant dedans, ça doit être du lourd.

— Et tu as pu récupérer un disque dur ? Une clef ?

— J'étais un peu trop occupé à me faire assommer. Et les types ont balancé de l'essence sur le matos, c'est le premier truc qui a cramé. J'ai rien du tout.

Ma tasse à la main, je parcours doucement la courte longueur du studio, dans un sens, puis dans l'autre, en posant soigneusement mes pieds sur les jonctions du plancher, comme un gamin qui traverse les passages piétons en ne marchant que sur les bandes blanches. Ce môme, Richard, il a jamais eu le pot. Il a vu ses parents crever, sous ses yeux. Et qu'est-ce que j'ai fait pour lui, à l'époque ? La même chose que chaque fois, celle qui m'a permis de reconnaître tout de suite le kit d'urgence trouvé dans sa piaule : j'ai disparu. Je l'ai laissé tomber, je l'ai abandonné à la « grande famille du cirque », cette grande famille qui a buté ses vieux. Encore une action mémorable de Desmund Sasse.

Qu'est-ce qui s'est passé, après ça, pour lui ? J'imagine que le cirque s'est pété la gueule. Les services sociaux ont dû fourrer leur nez là-dedans et embarquer le gamin, le placer quelque part, dans un foyer en sous-effectif. Il y en a parfois qui sont plus maltraitants qu'une famille déglinguée. Peut-être bien qu'il a fini par être adopté, et que ça explique son changement de nom. N'empêche, de la piste aux étoiles aux assises, on peut rêver trajectoire plus enjouée. Et malgré ma lâcheté, malgré toutes les raisons qu'il aurait de m'en vouloir, malgré ces quinze ans de silence et ce tunnel de questions dont il est le seul à détenir les réponses, il a cherché à me retrouver. Qu'est-ce que vous feriez à ma place ?

J'avise mon manteau sur le dossier de la chaise et fouille dans ses vastes poches. Au bout d'un moment, j'en ressors une petite carte mémoire sans étiquette et la tends vers elle.

— J'ai récupéré ça avant de me faire cravater. Je l'avais oublié.

Elle la saisit et l'observe.

— Micro SD. Peut-être des sauvegardes de ses surveillances. Tu as un ordinateur ici ?

— Rien du tout. Une tour désossée chez moi, mais je suis à peu près certain de ne pas avoir de lecteur pour ça.

— J'ai tout ce qu'il faut à mon bureau. On peut aller regarder ça, si tu veux.

— Pas tout de suite. Je dois m'assurer de quelque chose, d'abord.

— Je peux la garder en attendant ? Je regarde ce que je peux en tirer.

J'hésite. D'un côté, je ne la connais pas, et j'ai parfaitement conscience qu'elle n'est pas tout à fait franche avec moi. De l'autre, elle a sauvé ma peau, et de toute manière je n'ai pas de meilleure option pour lire cette fichue carte pour le moment.

— D'accord. Je le trouve où, ton bureau ?

Elle me tend un petit rectangle de carton mat frappé d'un logo bleu métallisé, sur lequel sont inscrits son nom, Élise Archambault, un numéro de portable et une adresse mail. Elle se ravise, dégaine un stylo bille et griffonne une adresse au dos de la carte avant de me la donner. Je la glisse dans une poche de mon pantalon.

— Merci. Je passerai un peu plus tard dans la soirée. Il faut que je sorte ce môme de là, Élise. Et pour ça, je dois trouver qui a buté Léo Caprian.

Elle se mord la lèvre inférieure.

— Ou au moins prouver que Richard est innocent.

— Ouais. Mais ça va prendre des années.

Elle se lève d'un bond et manque de renverser la table.

— La fille…

J'arrête mes déambulations, les bras ballants, juste devant elle. Elle fait un pas en avant, pose une main sur mon bras et répète :

— Il faut trouver la fille.

Nos visages sont à quelques centimètres l'un de l'autre. Je sens son souffle sur ma peau. Elle doit sentir le mien.

— Mais quel con ! Le thé à la vanille. Elle a un rouge à lèvres clair, rose. Une jeune fille…

Élise sourit. Je ne sais pas si c'est de retrouver un peu d'espoir au bout de cette journée infernale, mais je trouve que ça lui va bien. Le doigt qu'elle pique sur ma poitrine est tonique, mais pas agressif.

— … rousse. Les cheveux longs, légèrement bouclés. Ils ont probablement passé la nuit ensemble.

— La soirée, si on a de la chance.

Un silence électrique nous enveloppe, chargé d'adrénaline, une bouffée de vie qui reprend ses droits.

Et puis la trappe s'ouvre brusquement. Élise recule, son sourire a cédé la place à un masque fermé, marmoréen. La tête de Marv émerge du sol, amenant la rumeur du bistrot.

— Des, Justin a appelé. Il veut te parler.

Marv grimpe et nous rejoint dans la minuscule pièce enfumée. Elle détaille Élise de haut en bas, sans la moindre gêne, avant de se tourner vers moi.

— Je lui ai dit que tu dormais. Mais tu le connais…

Je gonfle les joues, souffle lentement.

— Ouais. Il va venir, et ça ne sera pas pour m'apporter des croissants.

Élise enfile déjà sa veste. Elle ramasse son sac.

— J'allais partir, de toute manière. On reste en contact.

— Sois-en sûre.

Elle salue Marv d'un hochement de tête et disparaît sous le plancher.

— Elle est pas très causante, ta nouvelle copine.

— C'est pas ma… laisse tomber.

Une grimace se dessine au coin de sa lèvre mince et pâle.

— Qu'est-ce qui se passe, Des ?

— Je n'en suis pas certain. Quand j'aurai compris, je te raconterai tout, promis.

— J'ai le temps. Ça s'est un peu calmé en bas, et Jérémy tient la boutique. Viens t'asseoir.

Elle me prend par la main et essaie de m'attirer sur le canapé. Je me dégage sans brusquerie. Puis j'attrape mon manteau.

— Je ne peux pas rester là, Marv, pas maintenant.

— À cause de Justin ? Je lui dirai de ne pas te déranger.

— Il ne t'écoutera pas. Pas ce soir.

— Tu peux aller chez moi. Il n'ira pas te chercher là-bas.

— Je ne cherche pas à me cacher, Marv, enfin, pas

seulement. Quelque chose de pourri est en train de se jouer.

— Et ça te concerne ?

— De près, oui. Si Justin me tombe dessus, il va me couper les pattes.

Elle pousse un long soupir agacé.

— Mais qu'est-ce que tu as dans la tête, bordel ? Tu disparais pendant quinze ans, à peine revenu tu vas chercher des crosses au Grec. Tu récoltes quoi ? Un séjour à l'hosto, six mois en cabane, et là, tu t'apprêtes à retourner la moitié de la ville parce que les flics t'ont mis de mauvaise humeur ? T'as plus vingt ans, Desmund. Tu ne peux pas te foutre le monde à dos parce qu'il ne te plaît pas. Tu devrais respirer un bon coup, tirer un trait sur tout ça et te poser. Ou te barrer.

— Tu veux que je m'en aille ?

— C'est pas ce que j'ai dit. J'aime pas te voir partir. T'es chez toi ici, et y a pas grand-chose qui me fasse plus plaisir que de te voir. Mais peut-être bien que c'est trop chargé, ici, pour toi. Peut-être que tu devrais aller respirer un autre air que celui-ci.

Elle hésite un instant, prend une inspiration avant d'ajouter :

— On pourrait même y aller ensemble.

Je détourne le regard.

— Je n'ai pas l'intention de retourner la ville, Marv. Un gamin va prendre vingt ans. Il a peut-être fait des conneries, mais je crois que quelqu'un est en train de le baiser. J'aimerais bien me poser, j'adorerais me dire que c'est un problème à trois clopes, gamberger tranquillement dans ton canapé et attendre l'illumination. Mais je ne suis pas assez fortiche pour ça. Alors je vais sortir et trouver quelqu'un qui pourra m'expliquer ce qui se trame.

— C'est le boulot de la police.

— Le boulot de la police, c'est de fabriquer des coupables, pas de les innocenter. Je suis désolé, Marv. Je dois y aller avant qu'il arrive.

Elle ne répond pas. Je crois bien qu'elle fait la gueule. Ça me chiffonne, mais je n'y peux pas grand-chose. J'ai pas ce genre de magie en moi, et je l'ai jamais eue.

Enveloppé dans un lourd silence que seule perturbe sa respiration contrainte, je lace avec soin mes Doc de sept lieues. C'est que j'ai une ville à traverser.

Je sors du bistrot et longe les murs. Dans les rues, çà et là, de petits groupes disparates traînent leur ivresse d'une terrasse à une autre. La nuit me ramène des années en arrière, quand ce quartier grouillait d'une vie bouillonnante et frénétique, avide de boire, de rire, d'embrasser. On s'enivrait alors de musique, de bons mots, d'un regard accroché au bord d'un sourire, d'un joint roulé sous un porche, échangé à la sauvette, fumé dans une main en coupe, à la gouape. Ma ville d'alors était une jeune fille festive et un peu folle, qui se gargarisait du son teigneux de guitares saturées, du beat lourd et entêtant d'un Laurent Garnier ou des phrasés hachés et redoutables du Wu-Tang. Quelque part sous le bruit pointait déjà la conscience du désespoir, mais on pensait qu'en mettant le son plus fort on n'entendrait pas le monde s'écrouler. Même ça, on nous l'a enlevé. Guerre aux nuisances sonores, collectifs de voisins excédés, fermetures des salles, interdictions à tout-va, le souffle tonitruant a été rentré dans les gorges à coups de matraque. La rue boit toujours, mais dans un silence morbide, l'oreille attentive à un autre bruit, moins joyeux, celui des râles souffreteux de la machine qui se détraque chaque jour un peu plus.

Je m'engouffre dans une station de métro trop vaste et trop éclairée.

Installé au fond d'une voiture presque vide, je sors de ma poche le petit téléphone que j'ai trouvé dans la planque de Richard. Je libère la batterie et la carte SIM du ruban adhésif qui les retenait soudées à l'appareil, et les insère dans leur emplacement. Le portable émet un bruit de jouet cassé au démarrage. Je tape les numéros inscrits sur le morceau de scotch, et l'écran noir devient rouge.

Le journal d'appels est vide, comme la messagerie. Je consulte le répertoire. Il n'y a que deux numéros, sobrement intitulés D et S. Le premier est le mien. Je ne connais pas le second, mais je me dis qu'en pensant très fort que c'est celui d'une jeune fille rousse capable de tirer Richard du merdier dans lequel on l'a foutu, ça marchera peut-être. Ensuite, une idée inconfortable fait son chemin et me coupe dans mon élan. Comment on écrit un texto à une fille de… quel âge elle a, au juste ?

Je commence à écrire « Salut », mais je ne suis pas trop sûr de mon coup. J'efface. J'essaie « Hey ! », j'efface. « Coucou », « Bonjour », « Hello », et même « Banzaï », tout ça ne me convainc pas vraiment. J'efface. Bon, qu'est-ce que je sais d'elle, d'eux ? Elle boit du thé, ils couchent ensemble. Ça ne va pas loin. « Bébé », « Chérie », « Mon amour »… C'est tarte. Elle est rousse… « Rouquemoute de mon cœur », c'est marrant, mais je ne suis pas certain que ça passe. Et puis je ne sais même pas si un môme de vingt piges connaît le mot rouquemoute. À ce train-là, je vais lui envoyer un « sava ? » qui ne m'amènera nulle part. Je me sens un peu con, à me triturer les méninges pour balancer un message à une inconnue. Je ne vais pas y passer la nuit. Je décide, finalement, de faire simple :

T'es où ? Faut qu'on se voie.

Et je signe : « R ».

Message à Peter Punk

Boîte vocale, message archivé nº 3

C'est toujours Richard. Je vais te remplir ta boîte, on dirait.

J'en étais où ? L'armée. J'ai tiré mes cinq ans, et j'ai tout bazardé. Avec mon pécule, j'ai pris quelques cours et je suis devenu électricien, basse tension, très basse tension et courant faible.

C'est comme ça que j'ai rencontré Solveig, et sa mère, et que je me suis retrouvé dans le pétrin. C'est marrant, non ? J'ai échangé des coups de feu avec des types de Daech, et c'est là, à Morclose, en me rangeant, que je me sens en danger.

Je bosse surtout sur des logements sociaux, des trucs lancés par la municipalité. Mon plus gros client c'est SMI, une boîte de BTP spécialisée là-dedans.

La boîte est dirigée par une femme, la Maho qu'on l'appelle, rapport à son nom de famille. Elle est sympa, et les gars l'aiment bien. Quand elle vient sur un site, elle boit un coup avec les équipes, appelle les artisans par leur prénom, prend des nouvelles de leur famille.

C'est vrai que certains mecs sont payés en cash, et qu'ils ont pas forcément tous des papiers, mais c'est pas mon problème, hein ?

Un peu avant Noël, elle s'est pointée sur le chantier avec sa fille. Quand je l'ai vue, si j'avais pas été appuyé contre le mur, je crois bien que je me serais cassé la gueule. Ça doit être pour ça qu'on dit « tomber amoureux ». Je ne sais même plus ce qu'on s'est dit. Mais elle m'a donné son numéro.

Solveig. Pendant que je te parle, elle dort à côté, dans la chambre. C'est pas vraiment sa faute, mais c'est un peu à cause d'elle que je me retrouve dans la merde. Tu vois, sur…

Fin du message.

10

Pensum malaise

La nuit blême enrobe les rues
De flaques d'ombres charbonnées.
Elle se rend compte, c'est entendu,
Que le destin lui rit au nez.

De flaques d'ombres charbonnées
S'élance alors un réverbère.
Que le destin lui rit au nez
Sa lèvre prend un pli amer.

S'élance alors un réverbère
Et à ses pieds une voiture.
Sa lèvre prend un pli amer
Le choix qui s'offre est une torture.

Et à ses pieds une voiture
Elle s'y engouffre impatiemment.

Le choix qui s'offre est une torture,
« Tu te condamnes ou bien tu mens ».

Elle s'y engouffre impatiemment
Démarre et roule sur l'avenue.
« Tu te condamnes ou bien tu mens »,
Options minables, triste menu.

Démarre et roule sur l'avenue,
D'une main cherche sous le siège.
Options minables, triste menu,
Pour une âme qui se désagrège.

D'une main cherche sous le siège,
Saisit l'objet de son malheur.
Pour une âme qui se désagrège,
La paix ne vient jamais à l'heure.

Saisit l'objet de son malheur
Et freine au bord d'une rambarde.
La paix ne vient jamais à l'heure,
Elle crache vers la lune blafarde.

Et freine au bord d'une rambarde,
Sort et contemple les eaux grasses.
Elle crache vers la lune blafarde,
Amère humeur mouillée d'angoisse.

Sort et contemple les eaux grasses,
Le fardeau sombre dans l'onde drue.
Amère humeur mouillée d'angoisse,
La nuit blême enrobe les rues.

Élise entre dans le deux-pièces qui lui tient lieu d'appartement et de bureau. Le mobilier est sommaire, fonctionnel, les murs sont nus. Le regard n'a ni cadre ni photo auxquels s'accrocher. Elle suspend imper et gilet à une patère de bois, jette son sac sur un tabouret et, sur un vaste meuble console chargé de piles de dossiers cartonnés, branche son téléphone au câble emmêlé d'un chargeur.

La lassitude alourdit ses jambes, ses bras, elle réprime un bâillement. Elle voudrait dormir une semaine. Elle se contente de prendre une douche, entre le tiède et le froid, et de passer des vêtements propres. Elle goûte la fraîcheur de ses cheveux humides dans la chaleur agressive que le soir n'arrive pas à chasser.

Après avoir récupéré son calepin, elle s'installe dans son fauteuil de travail et cherche dans son répertoire le numéro d'un ancien collègue, un qui ne lui a pas tourné le dos. Ils ne sont pas nombreux, ceux qui lui ont conservé leur sympathie quand elle est devenue radioactive, quand la tornade s'est déchaînée, quand les bœufs lui sont tombés dessus. Corruption passive, divulgation d'informations, viol de scellés, on l'a accusée de tout. Son avocat a réussi à lui éviter les poursuites du Parquet. Mais elle s'est retrouvée frappée du sceau de l'infamie, comme si on avait gravé « pourrie » au fer rouge sur son front. On lui a offert une mutation en article 25, un parachutage, à Bosmoreau-les-Mines, dans la Creuse, au suivi des contrôles judiciaires des condamnés de droit commun. Une affectation de rêve pour la pousser vers la sortie.

Jérôme Nimier est de ceux qui ne l'ont pas lâchée. Il décroche immédiatement.

— Salut, Sherlock.

— Salut, Jérôme, je te dérange ?

— Tu ne me déranges jamais. Tu es où ?

— Chez moi. Je tape des rapports pour changer. Et toi ?

— Au service. Je tape des P-V pour changer.

— Grosse nuit ?

— C'est que le début, mais c'est chargé, oui. À croire que la moitié de la ville s'est donné rendez-vous au commissariat.

— La qualité de l'accueil, le confort des cellules, l'odeur du café. Vous avez de quoi attirer du monde.

— T'oublieras pas de nous mettre un bon commentaire. Qu'est-ce que je peux faire pour toi ?

— Tu peux me passer une plaque ?

— Envoie.

En même temps qu'elle lui donne le numéro, elle entend à l'autre bout de la ligne des doigts pianoter sur un clavier.

— Aïe…

— Quoi ?

— La bagnole appartient à une agence de loc.

— Merde.

— C'est ça. Qu'est-ce qui se passe ?

— Rien de passionnant, une histoire de cocu.

— Madame de La Haute s'encanaille avec le plombier ?

— Dans la cuisine avec le chandelier.

— On se voit quand ?

— Je t'offre un verre quand t'es dispo.

— Un seul ? Tu ne crois pas t'en tirer à si bon compte, j'espère ?

— Mettons deux.

— Va jusqu'à trois et je te demande en mariage.

— On va rester sur deux alors.

— Tu sais pas ce que tu rates.

— J'ai déjà un canard en plastique et un lave-vaisselle.

— Grosse maligne. Tu vas bien ?

— Je bosse. J'ai trop chaud. J'ai besoin de vacances. Et toi ?

— J'ai installé la clim dans mon bureau. Je suis de garde toute la semaine. On dit mardi prochain ?

— Même endroit.

— Vendu.
— Merci, Jérôme.
— De rien, ma copine. Prends soin de toi.

Elle allume une cigarette et insère la carte SD dans l'un des ports de son portable.

L'air du soir, dense et mauve, vibre entre les murs de pierre chauffés par une journée de soleil teigneux, écrase les pavés lisses mis à nu par des travaux de voirie et grignote lentement le canal dont le niveau baisse perceptiblement de jour en jour. Élise gare sa voiture à l'angle d'une rue tellement déserte qu'on pourrait la balayer au Famas sans blesser personne. Les mains dans les poches, elle se dirige d'un pas rapide à travers un dédale de ruelles jusqu'à l'impasse désormais débarrassée de sa foule disparate. Le feu éteint, la police, les pompiers et les ambulances ont quitté les lieux, les habitants ont gagné un hôtel ou l'hospitalité d'une chambre d'amis. Seule, sur place, une petite citadine blanche campe devant le perron. Dans l'habitacle, à travers les vitres embuées, elle aperçoit un maître-chien qui dort dans sa bagnole.

Elle a passé presque deux heures à essayer de récupérer les fichiers endommagés sur la carte SD malmenée par la proximité des flammes. Péniblement, elle a fini par en isoler des fragments, une poignée de mauvais instantanés tirés de deux bandes vidéo, différentes. On n'y voyait pas grand-chose. La première est centrée sur la façade d'un bar de nuit, Le Pays des Merveilles. Sur l'un des clichés on aperçoit une silhouette mal définie, passant ou client, rendu nébuleux par son propre mouvement. Sur un autre une voiture, de trois quarts avant, en plongée. Sur le troisième, une porte qui s'ouvre, ou se ferme. De face.

La jeune femme contourne la voiture de loin et gagne sur la pointe des pieds l'échafaudage. Elle attend un instant, s'assure qu'aucun spectateur ne la regarde et escalade l'échelle métallique. Barreau après barreau, en silence, elle gagne un palier, puis l'autre, jusqu'au sommet de la structure. Elle est quasiment à la hauteur de la fenêtre par laquelle elle a vu Desmund Sasse s'extirper du brasier tout à l'heure.

Elle a attendu tout ce temps chez elle, sans la moindre nouvelle. Qu'est-ce qu'il fiche ? Il devait l'y retrouver, ou l'appeler. Elle aurait aimé qu'il lui en dise plus sur l'appareil photo qu'il a vu dans la planque.

À l'aide de petites jumelles, elle balaie du regard les lumières sales de la ville à ses pieds. Une grenade éclate quelque part et l'écho de l'explosion se répercute de mur en mur. Plusieurs colonnes de fumée lacrymogène témoignent d'échauffourées qui vont se poursuivre une bonne partie de la nuit. Morclose est en surchauffe.

Quelques blocs plus loin grésille l'enseigne au néon mauve du Pays des Merveilles, club privé, bar à champagne. Peu de photos sur leur site, à peine plus d'informations. Ils organisent des soirées à thèmes : le Bateau Pirate, la Vallée Féerique… Ça sonne comme un parc d'attractions pour gosses.

Élise sort les trois tirages issus de ses explorations numériques. L'angle correspond aux deux premières images. Pour la troisième, rien ne va. Elle pivote, se penche, essaie différentes positions, rien n'y fait. Elle ne voit rien dans la rue qui ressemble de près ou de loin à la photo. Et le grain est différent.

Le bruit d'un moteur crève le silence moite de la rue endormie. En contrebas, elle entend claquer deux, trois portières avant de risquer un œil par-dessus la rambarde. Trois policiers en uniforme, taches noires dans la nuit grise, s'approchent de la chignole du vigile. Ils rigolent et l'un d'eux assène une claque sur le capot. Le clébard se met à aboyer. Un type trapu, en maillot noir et pantalon de treillis sombre, s'extirpe du véhicule en gueulant sur le chien.

Elle n'entend pas ce qu'ils se disent. Elle perçoit des éclats de voix. Rires gras, protestations, jappements. Elle comprend qu'elle va devoir attendre un moment avant de redescendre.

11

Peter Punk au Pays des Merveilles

I got my finger on the trigger, some niggas wonder why
But livin' in the city, it's do-or-die

The Day the Niggaz Took Over, DR. DRE, SNOOP DOGG, DAZ DILLINGER

Il fait toujours aussi chaud quand je sors du métro et dirige mes pas dans les rues vides de ce coin très excentré. J'ai toujours détesté ce quartier sans âme, ses longues avenues cernées de tours et de barres vieillissant mal, son lycée pourri où j'ai passé mon bac de français en bredouillant et sa piscine presque olympique. Presque, parce que le brillant maître d'œuvre, dans ses calculs, a oublié l'épaisseur du carrelage et a loupé le podium d'un demi-centimètre. Pendant toute ma jeunesse, et j'ai tiré dessus, ce bassin a incarné pour moi tout le problème de cette ville, un endroit où tout peut arriver et où rien ne se passe jamais. Rien de bien, je veux dire.

De l'autre côté de l'avenue, trois gamins entassés sur un scoot font des zigzags d'un bord à l'autre de la chaussée. Celui qui conduit est le seul à avoir un casque, et encore, il le porte perché sur le sommet du crâne, haut-de-forme ovale et inutile. Tous les flics sont dans le centre, occupés à contenir la grogne sociale à coups de flash-ball. Pour ceux qui vivent dans le quartier, habitués à se faire contrôler à vue dès qu'ils pointent le bout de leur casquette hors de chez eux, c'est une bouffée d'oxygène. Ce soir, pas de traitement de défaveur, pas de jeu de domination arbitraire, pas de délit d'exister.

Machinalement, je roule une clope que je fume sans plaisir. Ma gorge est sèche, mes poumons irrités. Au coin d'un abribus, je m'enfonce dans la pénombre d'un passage bordé de petits arbres secs et malades. Sur un trottoir, la carlingue d'un scooter cramé est encore attachée à son antivol. Une vieille caisse désossée est posée sur des parpaings. Dans le temps, il y avait une cabine téléphonique ici. Elle était régulièrement vandalisée, mais j'ai le souvenir d'y avoir téléphoné. À qui ? À Corynthe, peut-être. Ou à son crétin de frère quand je la cherchais à travers toute la ville. À sa place se trouve un de ces panneaux publicitaires en forme de smartphone. Ça ne sert à rien, on ne peut pas appeler avec, ça consomme plus qu'un foyer lambda, mais on en voit partout. Celui-là est fracassé, sa vitre étoilée est le témoignage que certaines choses ne changent pas, que la gentrification avance moins vite dans les périphéries-dortoirs que dans le centre carte postale. Ça me fait mal de me dire que les derniers bastions populaires sont cantonnés aux secteurs les plus tartes des agglomérations urbaines.

Les monumentales constructions clapiers cèdent peu à peu la place à des petits collectifs et à quelques maisons. Après avoir vérifié le numéro sur le portail, j'emprunte l'allée gravillonnée de l'une d'elles. Quand je tourne le dos aux masses géométriques des édifices où logent des générations de classes laborieuses, je pourrais presque oublier où je me trouve et me croire dans une banlieue pavillonnaire. Sauf qu'ici tous les volets sont baissés, des seringues usagées traînent près des poubelles et que, dans les jardins, des cannettes vides, des sacs plastique et des capotes nouées tiennent lieu d'ornementation. Pas dans celui-là. Personne n'ose jeter ses ordures ici. Ça en dit un bout sur le personnage qui vit là.

Je pose une main sur la porte blindée et perçois des vibrations sourdes. Je n'aimerais pas me casser le nez, et encore moins le réveiller et le trouver de mauvais poil. Rassuré, j'appuie sur l'interphone.

Au bout de quelques secondes, une vilaine lumière blanche éclabousse les ténèbres et plisse mes yeux. Une voix que je ne connais pas braille à travers un haut-parleur intégré.

— Ouais ?

— Je viens voir Scarab.

— Il est pas là. Qu'est-ce que tu lui veux ?

— Lui parler.

— T'as qu'à prendre un rendez-vous. Faut venir aux heures de bureau.

— Garde ça pour les caves. Je veux voir Scarab maintenant. Tu lui dis que c'est Des.

Le silence qui suit est tellement dense que j'ai l'impression qu'on a raccroché. Au loin, j'entends la pétarade d'un deux-roues trafiqué. Il s'interrompt dans un hurlement de freins et de pneus gommant la chaussée, ponctué par le fracas du verre qui se brise et du plastique qui éclate.

Un bourdonnement métallique me ramène au battant qui s'écarte sur un colosse édenté au visage d'un bel ovale café crème. Ses oreilles écrasées et son nez aplati le rangent immédiatement dans la catégorie des types qui ont passé beaucoup de temps sur un ring à prendre et donner des châtaignes plombées. Des bras musculeux jaillissent de son débardeur d'un blanc immaculé, tendu sur un torse épais et large, un vrai buffet de cuisine. Au regard du reste, sa taille paraît plutôt mince, et ses jambes plus fines que des piles de pont. Il s'écarte pour me laisser entrer, me fait signe d'enlever mon manteau. Je m'exécute et le lui tends. Il l'attrape et regarde mon t-shirt, sans bouger. Je le soulève assez haut pour qu'il comprenne que je ne suis ni armé ni branché. Il passe une pogne ferme et rapide sur ma ceinture, mon entrejambe, mes cuisses, mes chevilles. Apparemment satisfait, il me désigne une ouverture dans le corridor d'une main lasse.

J'y pénètre au moment où Snoop Dogg et Dr. Dre entonnent leur refrain sur le beat lourd d'un gangsta rap trentenaire dont les basses font vibrer mes tympans. J'entre dans un salon plus vaste que mon appartement. Sur l'un des murs, un écran large comme celui d'un cinéma de province balance en boucle des séquences de manifestations et d'émeutes d'un bout à l'autre du globe. En face, un interminable canapé de cuir forme un U aplati, démesuré, au centre duquel est vautré Scarab, les pieds sur une table basse longue comme une péniche.

Scarab est un métis d'une trentaine d'années au corps amoureusement entretenu par la fonte et aux cheveux délicatement tressés le long d'un crâne régulier. Comme le type de la porte, il a un débardeur éclatant, un pantalon de survêtement noir, et une énorme paire de baskets de la marque à virgule. Il tient d'une main ce que j'estime être une vodka - Red Bull et de l'autre un joint titanesque duquel s'échappe une épaisse fumée blanche qui monte à la paresseuse en volutes incertaines vers le plafond qui en a vu d'autres.

Il tourne vers moi son beau visage affable.

— Sans déconner ! Des… Content de te voir, mec.

— Salut, Scarab. Je voulais laisser une pièce au vestiaire, mais j'ai pas de monnaie.

— Le prends pas mal. Bloke fait son boulot, c'est le gars sérieux. T'es sorti quand ?

— Ce matin.

Il émet un long sifflement joyeux.

— Et je t'ai manqué tant que ça ?

— Tu sais ce que c'est, on se retrouve dehors, on cherche des repères.

Il me regarde un bon moment sans rien dire, puis hoche la tête.

— Assieds-toi, mec. T'es le bienvenu ici. Tu veux un truc à boire ? Bière ? Vodka ? Whisky ?

— De l'eau, si tu veux bien. Je suis aussi sec qu'une mue de serpent.

Il hausse les épaules, ouvre d'un coup de pied un petit bar encastré sous la table et y pioche une bouteille d'eau gazeuse qu'il me lance. Je l'ouvre dans un pschitt et en bois la moitié avant de parler.

— On dirait pas qu'on jouait aux échecs ensemble il y a trois mois.

— Avec ton sale petit coup de pute du cavalier magique. Mat en huit coups, avec deux pièces, tu m'as séché, mec.

— La magie de la sous-promotion. Tout le monde pense toujours qu'un pion devrait devenir une reine. Mais c'est pas toujours la pièce la plus puissante qui permet de gagner. Comment tu t'en sors ?

— Bloke et quelques potes ont tenu la boutique pendant que j'étais à l'ombre. C'est à ça que ça sert un posse. Quelqu'un s'est occupé de toi ?

— Un pote a payé mon loyer, mais il a oublié les factures d'électricité. Et le frigo plein. Je te laisse imaginer, chez moi, c'est un dépôt d'ordures.

— Je ferais passer un sale quart d'heure à un gars qui torcherait le boulot comme ça, tu peux me croire.

— Ouais, moi aussi, sauf à celui-là.

Scarab hoche la tête d'un air entendu. Ses yeux s'écarquillent soudain.

— Attends, me dis pas que tu viens squatter mon canap ?!

À l'idée d'une coloc avec lui et ses potes, son posse, je suis à deux doigts de recracher mon eau gazeuse par le nez.

— Non, c'est bon, j'ai un point de chute, chez une copine.

— Tu perds pas de temps. Moi aussi, le jour de la quille, j'ai fait venir trois coquines. Tu sais quoi ? Je passe un coup de fil à Fix ! Elle nous envoie quelques petits lots bien cochonnes, on se passe une soirée de libération comme t'en as même pas rêvé quand tu t'astiquais dans ta cellule. C'est ma tournée.

— C'est sympa, Scarab, mais ça ira.

— T'as viré pédé ou quoi ?

— Pas vraiment, mais en fait je suis venu te voir parce que j'ai un souci.

— T'as besoin de pognon pour te retourner ? Tu cherches du boulot ? Ça pourrait m'intéresser un mec comme toi. T'as pas peur de la châtaigne, tu sais te servir de ta caboche. Je te trouve un secteur, tu fais tes preuves, et si tu te démerdes…

Il laisse ces derniers mots en suspens. Je me demande un instant s'il sort son baratin à tous les petits dealers qu'il place, s'il leur fait miroiter sa baraque aux frontières de la ZUP, son écran géant et son canapé paquebot. On a les rêves qu'on peut, cela dit. Moi, j'en ai plus, de rêves, mais même du temps où c'était le cas, j'aspirais à bien d'autres choses.

— J'ai un plan pour ça aussi, et je ne suis pas venu te taper, Scarab. Il y a des types après moi.

Je lève une main et j'enchaîne pour couper court à sa réplique inspirée par l'ivresse.

— Je ne les connais pas. Le truc, c'est que je ne sais pas d'où vient le pet.

Ses lèvres se froncent en une moue mi-boudeuse, mi-réfléchie.

— T'as fait chier qui ?

— Au trou ? Personne d'important. Mais avant…

— Ah putain, tu penses à ton histoire avec le Grec ?

— Ça me paraît pas impossible.

Il secoue vivement la tête.

— Nan, oublie. Le mec a tout laissé tomber après la grande castagne. Aux dernières nouvelles, il s'est mis au vert dans un trou paumé.

Scarab transpire l'assurance. Ça ne l'empêche pas de se planter, parfois.

— T'es sûr de ton coup ?

— Ouais. Écoute, les mecs avec qui je bosse, des fois, c'est des vrais fils de pute. Y a, quoi, un mois, un bâtard a cru malin de tomber sur le râble d'un de mes furets. Grosse perte, je te passe les détails. D'ordinaire, on règle ça maison, tu vois. Mais avec la conditionnelle au cul, j'ai voulu sous-traiter. Pas prendre de risques. On a cherché après le Grec, pour un contrat. Walou. Au mieux, il tue les limaces qui bouffent ses salades. Et encore, j'suis pas sûr. Il a viré hippie ou un truc comme ça.

Là-dessus, il récupère son cône dans le cendrier, le rallume et me le tend.

Scarab avait encore quelques mois à tirer quand je suis arrivé en cabane. Je rasais les murs, en essayant de ne pas m'attirer d'emmerdes. J'avais déjà mon compte. À la promenade, au réfectoire, dans les douches ou à la bibliothèque, je restais dans mon coin sans rien demander à personne. N'empêche, j'avais dû faire le coup de poing une ou deux fois, et tôt ou tard je risquais bien de me retrouver avec une lame entre les côtes. Un matin, à la salle de sport, je suais à la corde pendant que quatre autres détenus boxaient dans un coin. Pour l'essentiel, ils se collaient des patates en faisant du sur-place. J'ai dû sourire en coin, parce que l'un des pugilistes m'a hélé. C'était Scarab.

— Hé, Goupil, on te fait marrer ?

— Pas du tout. J'avais la tête ailleurs.

— Tu sais qui je suis ?

— J'en ai pas la moindre idée. Et toi ?

Ça ne l'a pas fait rire.

— Viens un peu par là.

— Je vais passer mon tour.

— Viens là, je te dis. On se fait une reprise ou deux, gentiment.

— Ça ira pour moi.

Sauf que ça n'allait pas. Ses potes se sont flanqués devant la porte, manière de m'envoyer un message clair : le ring ou la dérouillée.

— Une reprise, alors. En douceur.

Du menton, Scarab a désigné un de ses acolytes. Sans un mot, le mec, une grande tige acnéique, a enlevé ses gants et me les a tendus.

Scarab s'est mis à sautiller et à me tourner autour. Il était vif, athlétique, plus jeune que moi, et débordant de confiance. Mais question technique, il ne valait pas grand-chose. Après une série de jabs pour la frime, il m'a envoyé une droite très téléphonée, trop lente, trop tôt, trop fort, qui a rencontré le vide et l'a déséquilibré. Il a écopé d'une sanction immédiate, un joli petit crochet sur l'oreille. Ça l'a secoué. Et énervé. Mais ça ne lui a rien appris. Il n'a pas resserré sa garde. Au lieu de ça, il a commencé à balancer des grands swings dont j'amortissais l'impact en lui donnant de petits coups d'arrêt sur les biceps. Plusieurs fois, j'ai vu son menton offert à l'uppercut, et j'ai retenu mon élan, me contentant de lui mettre des touches sur le front. Il commençait à avoir le souffle court. Derrière nous, les gars n'en perdaient pas une miette. Je me suis mis dos à eux, et j'ai posé mon gant sur ma pommette, à deux reprises. Scarab a hoché la tête, glissé sur le côté et m'a envoyé une frappe sèche. Je l'ai encaissée en reculant, sonné, et j'ai levé les deux poings en l'air.

Mon adversaire a eu l'intelligence de savourer sa victoire avec juste ce qu'il faut de fanfaronnade devant ses acolytes, et de me remercier d'un regard de lui avoir permis de sauver la face. Après ça, on a passé pas mal de temps ensemble, à boxer, à jouer aux échecs, aux cartes. Pour les autres taulards, le message était clair : me chercher des poux dans la tête, c'était s'en prendre à lui. Et ça, c'était dangereux. Et quand il est sorti, ses gars ont continué à m'accepter parmi eux. C'était pas la crème des hommes, clairement, mais vu l'endroit dans lequel je me trouvais, je n'allais pas faire la fine bouche.

Ce soir, sur les coussins moelleux, la question du Grec est écartée. Ce qui me confirme dans l'idée que les deux enculés qui m'ont laissé K-O dans une piaule en flammes en avaient après Richard plus qu'après moi. Je ne connais plus les joueurs dans cette ville. Je suis parti trop longtemps. Lui, il est en plein dedans. Je lui rends son pétard, le laisse tirer dessus et choisis bien mes mots.

— Je cherche deux mecs. Un petit trapu et un grand sec avec un bouc qui se trimballe une bijouterie sur les pognes.

Il ne bronche pas, ne cille pas. Est-ce que j'imagine une étincelle dans la prunelle de ses yeux ? Il contemple le bout incandescent de sa clope améliorée.

— Ça me dit rien, mais je peux demander.

— Et Léo Cap, ça te parle ?

Là, son visage se froisse franchement, et il aspire bruyamment l'air entre sa langue et ses dents.

— Gros sujet, mon pote.

— Trop gros pour toi ?

— Trop froid. Le mec est cané.

— Qui a fait le coup ?

— Comment veux-tu que je le sache ? Chuis pas poulet, hein.

— T'es au courant de tout ce qui se passe dans cette ville, Scarab.

— Et pourquoi ça t'intéresse ?

— On va dire la curiosité.

— Tu devrais la placer ailleurs. C'est le meilleur conseil que je puisse te filer.

Ses muscles roulent sous sa peau, et il a perdu sa façade avenante. Scarab m'a à la bonne, mais je ne sais pas trop jusqu'où je peux le pousser avant de m'exposer à des conséquences fâcheuses.

— Qui bossait avec lui, Scarab ?

Sa poitrine se gonfle et se vide en un long soupir.

— Écoute, mec, ce truc, c'est un paquet merdeux. Je t'aime bien, et je te fais relativement confiance. Ce que je vais te dire, ça reste entre nous. Léo Cap, il était en business avec pas mal de gens. Tu sais, quand tu commences à vraiment parler d'argent, les frontières entre les mondes sont pas trop fermées. Il y a d'un côté ceux qui ont du cash et qui ne peuvent pas vraiment l'utiliser comme ils voudraient, et de l'autre des types respectables qu'ont besoin de cash pour huiler la machine. Léo Cap, il faisait un peu le mac entre les deux.

— Et il touchait sa commission de chaque côté.

— Y a rien de gratuit, frère.

— J'imagine que sa mort fout un bordel sans nom…

— T'as pas idée.

— … et que personne n'a envie que les flics creusent trop profond.

— Ils le feront pas.

Bien sûr que non. Scarab, ou d'autres, plus gros que lui, s'en sont déjà assurés. Richard est le pigeon parfait, et ils ne chercheront pas plus loin. Sauf si on leur force la main.

Scarab essaie de me convaincre de partir avec lui, là, pour faire la bringue. Il tente d'abord Amsterdam, trop loin, Bruxelles, alors, puis Paris, Nantes... Je le remercie et prends congé avant qu'il ne me propose une soirée à Montfort-sur-Meu.

— Comme tu veux, mon pote. Fais gaffe à toi. Profite de l'air libre. Trouve-toi une copine. Laisse tomber tout ça.

Bloke me rend mon manteau du bout des doigts, comme s'il s'agissait d'un chiffon couvert de merde, et répond d'un vague signe de tête à mon salut.

Dehors, la nuit s'est épaissie. Les dernières lueurs du soir ont déguerpi pour de bon, et un ciel noir moucheté d'étoiles timides semble attendre son heure pour dégringoler en masse compacte sur le monde endormi.

D'un pas rendu léger et incertain par l'herbe de Scarab, je me dirige lentement vers le métro, croisant le même panneau publicitaire déglingué, les mêmes carcasses, le même vide dans les rues. Je n'ai pas appris grand-chose d'utile. Peut-être qu'Élise aura eu plus de chance que moi. D'une main, je fouille les profondeurs de mes poches et en sors le petit téléphone en me demandant ce que j'ai bien pu foutre de sa carte de visite. Et l'instant d'après, je n'y pense plus.

Une icône de la forme d'une enveloppe beige occupe

la quasi-totalité du petit écran. Un rien fébrile, j'appuie sur « OK », pour découvrir un message de « S » :

Au Pays des Merveilles. Essayé de te joindre plusieurs fois, mais tu réponds pas. Viens me chercher. Plus de batterie. XX

Il y a ensuite une série de petits carrés, qui doivent correspondre à des émoticônes et autres smileys à la con que le portable ne peut pas lire ou afficher. Le Pays des Merveilles… Qu'est-ce que c'est que ce truc ? Si ça se trouve, c'est un code entre eux, et je suis marron. Je peux difficilement lui demander, et ce genre d'appareil n'est pas équipé pour accéder au Net. Je compose le numéro des renseignements, à l'ancienne. Un opérateur bègue me demande ce qu'il peut faire pour moi.

— Je voudrais l'adresse du Pays des Merveilles, à Morclose.

— Je vous mets en relation ?

— Je veux juste l'adresse.

— C'est un service gratuit, monsieur.

— Je veux juste l'adresse.

Il finit par me la donner et me souhaite une bonne soirée d'un air entendu. Je n'y prête pas attention, parce que le sang s'est mis à bourdonner derrière mes tympans. Si je ne sais toujours pas de quel genre d'endroit il s'agit, la localisation, elle, est parlante. Le Pays des Merveilles est à deux pas de la planque de Richard.

Je resquille une fois de plus en entrant dans le métro et, sur le quai, je pianote nerveusement.

Suis là dans 20 min. Retrouve-moi dehors.

Et pour faire bonne mesure, j'ajoute «*XX*».

Le métro me jette à la gare. Elle est en travaux, et je m'égare dans un dédale de couloirs et de vastes salles avant de trouver la sortie. Je pique une suée sous mon manteau trop chaud pour des températures pareilles. Et quand j'arrive à destination, dans une ruelle excentrée, je ne suis pas déçu.

Comme un phare dans la nuit qui guiderait les âmes perdues, un néon mauve scintille sur une façade aveugle. Les lettres électriques jaillissent dans l'obscurité pour annoncer le nom du lieu, Le Pays des Merveilles, et la promesse de bien d'autres choses encore.

Je retire quelques billets de l'enveloppe qui abrite mon pécule et les fourre dans la poche arrière de mon jeans. C'est pas la bourse de Fortunatus, mais ça fera l'affaire. Puis j'ôte mon manteau, le pose sur mon bras et me présente devant une porte massive dénuée de poignée, je trouve une petite sonnette sur le côté et appuie dessus. Le visage massif d'un portier aux tempes argentées apparaît derrière un judas découpé dans le battant. Il respire le professionnalisme, avec son air aimable-tant-qu'on-ne-lui-casse-pas-les-pieds. D'un regard, il me jauge, et je sais exactement ce qu'il pense de moi : un quadra engoncé dans sa routine bien décidé à s'encanailler. L'un des avantages de vieillir, c'est que les vigiles, portiers et autres agents de filtrage ont tendance à vous voir comme un portefeuille garni ne demandant qu'à ruisseler. Dans mon cas, il se trompe lourdement, mais j'évite de le lui faire remarquer. Sur un sourire, le type referme la trappe et me fait entrer dans un vestibule sombre. Il émet un bonsoir à peine perceptible et, d'une main levée, me dirige vers une petite blonde assise derrière un comptoir de bois verni. Elle m'adresse un sourire charmant.

— Bonsoir, monsieur. Bienvenue au Pays des Merveilles. C'est la première fois, non ?

— Mais pas la dernière, j'espère.

— Ce soir, le thème est le Lagon des Sirènes. Vous connaissez le principe ?

— Non, mais j'aime les surprises.

— Très bien. Vous serez seul ?

— Pas si j'ai de la chance.

Elle rit juste ce qu'il faut, à la mesure, sans doute, de ce que je vais être capable de payer. Puis elle me fait un clin d'œil.

— Au Pays des Merveilles, tout peut arriver. Alors vous avez l'option « Enfant perdu », à quatre-vingts euros, qui comprend deux flûtes de champagne et le show, et la formule « De l'autre côté du miroir », avec une bouteille et salon privé. Celle-ci coûte…

— Je me sens assez « Enfant perdu », pour le moment.

— Bien sûr. N'hésitez pas à demander à l'équipe s'il vous faut quoi que ce soit. Je prends votre manteau ?

Je sors les billets et le pose devant elle.

— Si ça ne vous dérange pas, j'aime autant le garder.

— Comme vous le souhaitez. Passez une bonne soirée, monsieur.

Elle me tend une petite plaque de plastique noir, passe une main sous le comptoir, et un pan du mur coulisse derrière moi. Je la remercie et entre dans une pièce aux multiples recoins plongés dans la pénombre, dont beaucoup sont déjà occupés par des silhouettes indistinctes. De discrètes appliques murales dispensent une lumière feutrée. Certaines sont mobiles, et les différentes nuances de bleu, du marine au presque blanc, se chevauchent et se croisent sur les parois pour donner à l'ensemble un effet de fond océanique plutôt réussi. Une cascade d'eau claire jaillit d'un rideau épais sur un toboggan transparent qui aboutit à une vasque imitant à la perfection un lagon de roche volcanique, sur la scène qui s'avance jusqu'au centre de la pièce. Au milieu de l'estrade, une longue barre verticale rejoint le plafond. Au fond, une Asiatique aux traits légèrement empâtés se lime les ongles derrière un long bar recouvert d'une mosaïque de miroirs et de verre coloré.

Je pose ma carte sur le zinc et mon derrière sur un tabouret. Sans m'adresser un mot, la serveuse apporte devant moi deux flûtes remplies d'un liquide pétillant qui est peut-être du champagne.

— Je ne vais en boire qu'une à la fois.

Elle hausse les épaules et retourne s'installer dans le coin. Je ferme les yeux pour les adapter à l'obscurité et me retourne avec l'intention de scruter les environs pour y trouver celle que je suis venu chercher. À ma surprise, je découvre une jeune femme juste à côté de moi. Elle a de longs cheveux d'un bleu électrique, des yeux et des lèvres à l'avenant. Une robe, bleue elle aussi, l'enveloppe de près, de la naissance des seins jusqu'aux chevilles.

— Bonsoir. Cette place est libre ?

Elle parle d'une voix basse, avec un sourire canaille. Je jette un œil à la rangée de sièges vides avant de répondre.

— C'est la vôtre.

— La tienne. Je m'appelle Ariel.

— Enchanté, Ariel.

Sans me quitter des yeux, elle s'assied en amazone.

— C'est comment, ton petit nom ?

— Peter.

— C'est rigolo, ça. Tu m'offres un verre, Peter ?

D'un mouvement de tête, je l'invite à se servir. Elle saisit l'une des flûtes, en boit une petite gorgée avant de passer la langue sur sa lèvre supérieure. Pendant qu'elle fait son numéro, j'avise les différentes alcôves. La plupart sont occupées par des couples, en général un homme d'une cinquantaine d'années et une femme beaucoup plus jeune et pas très habillée. La seule rousse que j'aperçois a les cheveux raides coupés au carré et des épaules de camionneur. Il fait trop sombre pour que je distingue nettement les traits de tout ce petit monde.

— Je ne t'ai jamais vu ici, Peter.

— C'est la première fois.

— On va fêter ça, alors, Peter.

— C'est chic.

— T'es pas un bavard, toi.

— Attends que je sois lancé, tu ne pourras plus m'arrêter.

— Et si on trinquait pour te dérider ?

— Je vais te dire un secret, Ariel. Je ne bois pas d'alcool. Je n'en bois plus.

— Et ça t'empêche de trinquer ?

— Je suppose que non.

Nos verres s'entrechoquent. Elle descend sa flûte d'un trait et recommence son truc avec la langue.

— Je suis contente de te rencontrer, Peter.

— Mais moi aussi, Ariel. Donc, si je suis un enfant perdu, toi, tu es… ?

— Une sirène. Une vraie sirène.

— J'ai une sacrée veine, alors.

Son sourire s'élargit. Sa bouche est d'une taille impressionnante, je suis à peu près sûr qu'on pourrait y entrer un grille-pain.

— T'aimes bien ce que tu vois, Peter ?

— On peut dire que c'est un bel endroit, je pense.

— T'as vu ? La déco, l'ambiance, on est bien, ici, non ? Mieux qu'à la maison…

Avec une pensée émue pour mon appartement dévasté, je lui réponds sans me forcer :

— C'est certain.

— T'aimerais en voir plus ?

Derrière son comptoir, l'Asiatique défraîchie ne perd pas une miette de notre conversation. Je fais un rapide calcul pour savoir combien il me reste et si je peux me permettre une entrevue privée.

— C'est tentant. Tu as une idée en tête ?

Elle s'est approchée et se presse contre moi. La chaleur de sa poitrine irradie contre mon bras.

— Pas que derrière la tête, mon grand. Si tu veux, on va dans un endroit plus tranquille. Je danserai pour toi, Peter.

— Et pour les détails ?

Elle glisse une main dans mes cheveux, colle son nez contre mon cou. Son souffle est brûlant sur ma nuque quand elle murmure :

— Commande juste une bouteille de champagne, parce que je vais te donner soif.

Je passe mon bras autour de ses hanches et fais signe à la serveuse.

— Je vais prendre une bouteille de champagne. Et un Perrier.

Deux minutes et beaucoup trop d'euros plus tard, Ariel saisit le plateau sur lequel sont disposés une bouteille de Mumm et un Perrier dans un seau de glace, deux verres propres et une coupelle de fruits frais, cadeau de la maison. De sa main libre, elle m'entraîne vers l'arrière-salle en balançant généreusement les hanches de gauche à droite.

Le « salon » est une piaule exiguë qui comporte pour tout mobilier une banquette moelleuse et une table juste assez grande pour supporter le plateau et un cendrier. Ariel dépose son fardeau, elle frotte consciencieusement ses hanches contre mon entrejambe en se penchant pour verser du champagne dans les deux flûtes. Puis, d'un coup de reins, elle me pousse vers la banquette en se dandinant sur le rythme mou du vieux slow de hard que déversent les enceintes encastrées dans la cloison.

Je la regarde se dandiner le temps de rouler une cigarette et de l'allumer. J'en aspire avec avidité une longue bouffée.

— Tu peux parler en dansant ?

— Je peux faire tout un tas de choses en dansant.

— Il y a combien de salons comme celui-là, ici ?

Elle me regarde bizarrement et rate un temps.

— Je ne sais pas… Trois, je crois. Pourquoi ?

— D'autres filles sont en train de faire leur numéro ?

Elle a du mal à récupérer la cadence. J'ai cassé la magie.

— Je cherche une fille qui doit se trouver ici.

— T'en as trouvé une.

— Il me reste de quoi payer une autre bouteille dans mes poches. Les billets peuvent aller directement dans les tiennes si tu m'aides.

Elle fait un pas vers la porte, mais je pose mon pied sur le battant pour la bloquer.

— Je ne suis pas flic. Je ne te veux pas d'ennuis. Je cherche juste cette fille, et à elle non plus, je ne veux pas d'ennuis. Ne t'arrête pas de danser, considère ça comme un extra.

Elle jette un œil vers un angle du plafond, se mord la lèvre inférieure et regarde avec gourmandise les billets que j'ai discrètement laissés sur la banquette. Elle se remet à onduler, l'air décidé, se tourne pour me montrer son dos, ses fesses, et recule vers moi. Elle attrape mes mains et les plaque sur son bassin. Tout en les tenant, elle s'accroupit au-dessus de mes cuisses.

— Comment elle s'appelle ?

Ça me coupe un peu les pattes. De toute la soirée, je ne me suis même pas posé la question de savoir à quoi correspondait le fameux « S ». Sophie ? Sabine ? Solenn ? Soizig ?

— Une rouquine, les cheveux ondulés. Je dirais la vingtaine.

— Une habituée ?

— Peut-être.

Elle guide ma main vers la fermeture éclair de sa robe, m'invite à la baisser. Puis elle se redresse et se retourne pour me faire face. D'un mouvement d'épaules, elle laisse tomber sa robe jusqu'à la taille, dévoilant une poitrine arrogante qui défie la gravité.

— Peut-être que je l'ai vue. Tu sais, c'est une soirée spéciale. Une soirée sirène. Je ne suis pas une habituée des lieux.

— Mais c'est quoi, ce truc de sirène ?

Elle effleure mon visage avec ses seins et glisse ses mains sur ses flancs.

— T'as déjà vu une sirène, Peter ?

— Je ne suis pas marin, ça risque pas.

Elle passe ses pouces sous sa robe et tire pour la laisser tomber à ses chevilles. Et je saisis enfin ce qu'est une foutue sirène en voyant le paquet dans sa culotte. Elle effectue un mouvement du bassin assez provocant, et elle éclate de rire. Tout ça ne m'avance pas beaucoup. Je m'apprête à le lui dire quand la porte s'ouvre brusquement.

Je comprends immédiatement que ça va mal se passer. Ils sont deux. Celui de devant est sec, musculeux, la peau de son visage est constellée de cratères de tailles diverses que couvre mal un bouc noir d'encre. Ses mains sont couvertes de babioles dorées et argentées. Il écarte brusquement Ariel, m'attrape par le col et me colle une gifle de compétition, pendant qu'un autre type entre derrière lui, plus petit, plus massif, et essaie de se faufiler pour m'attraper le poignet. Le plus grand des deux approche son visage à quelques centimètres du mien.

— Tu nous suis sans faire d'histoires, ou on te dérouille.

Son visage est proche, très proche, trop proche. J'envoie mon front contre son nez. C'est une erreur. Ça lui fait mal, suffisamment pour qu'il recule, mais l'élan me manque et il n'est pas vraiment sonné. Et ça laisse le champ libre à son acolyte, qui m'assène trois crochets d'affilée sur l'arcade. Heureusement, lui aussi manque de place pour bien appuyer ses coups, sinon, il m'aurait étendu. Ariel se met à hurler. Le grand revient à la charge et me colle un coup de genou dans le bide. L'air se vide de mes poumons. Ils m'agrippent chacun par une épaule. Je me sens décoller du siège et atterrir brusquement sur la table, qui cède sous mon poids et répand verres, bouteille et cendrier sur le sol. Le petit trapu saisit mon bras et le tord à l'aide d'une clef vicieuse.

— Ton nom ?

— Va te faire foutre !

Il accentue la pression sur mon coude. L'enculé.

— Je t'ai demandé ton nom.

Ariel, recroquevillée dans un coin, répond à ma place.

— Peter. Il dit qu'il s'appelle Peter !

— Toi, tu remballes ton matos et tu vas attendre là-haut. Peter comment ?

Ariel ne se fait pas prier et file. J'essaie de me dégager,

mais l'un des deux pose un pied sur mon dos. Il me reste juste assez de souffle pour lui répondre :

— Peter Punk, connard.

Comme j'ai la brillante idée de me débattre, ils me flanquent la tête contre le mur. À travers un tas de petites lumières blanches, je devine une forme indéfinie, rouge sur fond bleu, du sang, le mien. J'ai les mains dans le dos, les poumons en feu, les guibolles qui tremblent, la partie droite de mon visage me donne l'impression d'être aux abonnés absents et un interminable larsen me vrille les tympans. Et c'est mon premier jour dehors. Je commence à regretter de ne pas avoir accepté la proposition de Scarab.

Le plus grand me colle deux coups de pied dans les côtes.

— Qu'est-ce que tu fous là ?

— Je me rinçais l'œil. C'est quoi le problème ?

— Le problème, c'est toi. Qu'est-ce que tu fous là ?

Péniblement, je pivote et m'assieds sur le sol en reprenant peu à peu mes esprits. Je crache un glaviot sanguinolent dans une corbeille à papier.

— C'est interdit aux roux, votre club ?

Le petit trapu frotte une tache pourpre sur la manche de son blouson et fronce les sourcils. Il a l'air de sérieusement se demander si je me paie sa tête. L'autre porte la main derrière sa ceinture et, d'un coup sec, il déploie une matraque télescopique en acier mat lestée d'une tête vicieuse et lourde.

— On va te tirer les vers du nez.

— Vous êtes en train de faire une belle connerie, les mecs. Vous croyez sérieusement que je suis venu ici les mains dans les poches sans prendre la moindre précaution ? Des tas de gens m'ont vu entrer. Quelqu'un m'attend dehors. Vous voulez vraiment me démolir ici ?

— T'en fais pas pour nous.

— C'est sûr, vous pourriez aussi tout simplement foutre le feu et me laisser là, si c'est votre truc. Je ne suis pas sûr que ça plaira au patron. Surtout si vous me loupez deux fois dans la même soirée.

Les années que j'ai passées à vivre à la marge m'ont appris deux trucs sur les criminels. D'abord, ils ont presque toujours quelqu'un au-dessus d'eux qui leur fout les jetons. Un donneur d'ordre, un autre voyou plus teigneux, un parent tyrannique, peu importe, c'est toujours à lui – ou elle – qu'ils pensent quand on leur parle du patron. Ensuite, le langage châtié des psychologues, sociologues, éducateurs, magistrats et autres intellos feutrés évoque des comportements inadaptés, des formes d'impasses cognitives venant entraver les capacités de représentation et d'intériorisation des interdits, ou encore des faillites dans l'élaboration mentale et la cohésion du lien. En ce qui me concerne, je me borne à penser que la plupart d'entre eux sont passablement cons. Et heureusement, car c'est ce qui rend ce monde à peu près vivable. Les deux phénomènes qui s'excitent devant moi pourraient peut-être être cités pour le prix Nobel de la mandale, mais ils ont typiquement le profil de ces crétins bas du crâne qui clignent des yeux quand ils prononcent des mots de plus de trois syllabes et dont même l'armée n'a pas voulu. Celui qui porte un bouc fronce les sourcils.

— On va pas te louper, mon pote. On va t'emmener faire une balade.

Il adresse un bref signe de tête à l'autre type, qui m'agrippe par l'épaule et me tire vers l'avant. L'autre glisse sa matraque entre le creux de mes coudes et mon dos. Chacun me tenant par un bras, ils me relèvent et me traînent sans ménagement dans le couloir. J'ai gagné un peu de temps.

Message à Peter Punk

Boîte vocale, message archivé n° 4

… C'est toujours Richard. J'allais te raconter comment je me suis embarqué dans cette histoire.

Ça a commencé en février, quand on s'est mis à vraiment nous parler de cette saloperie de Covid. Je me souviens, on se foutait de la gueule des Chinois et des Italiens. Les cons.

Un matin, sur le chantier, je suis tombé sur deux types qui tabassaient Martin, un apprenti plaquiste. Les gars, je les connais. Bleiz et Pedro. À moitié rondiers, complètement gros bras, ils viennent les jours de paie. Je te l'ai dit, une partie est versée en cash. La Maho et ces deux gars s'occupent de la distribution.

Ils se sont barrés quand je suis arrivé. Martin, c'est pas une flèche. Quand il a débuté sur le chantier, il avait plutôt le look antifa. Il a vite changé de genre : crâne rasé, treillis et références identitaires à la con.

Pendant que je m'occupais de lui, il m'a raconté sa rencontre avec son pote Jos, le gars qui lui a ouvert les yeux, sa pilule rouge comme il disait. Pas de complaisance avec la racaille et les cassos qui la gangrèneraient de l'intérieur, ce genre de conneries.

Il collait des affiches, distribuait des tracts et des magazines, ce genre de trucs. Horizon & Perspective, *j'ai un exemplaire sous les yeux. Ils lui ont trouvé un appart. Ils lui ont même mis une fille dans les pattes, il m'a dit qu'elle s'appelle Margot. Elle l'a déniaisé.*

Elle a disparu de la circulation. Il savait qu'elle bossait dans une boîte, le Pays des Merveilles.

Martin, c'était un naïf. Il s'est pointé là-bas, il a posé plein de questions, a montré la photo de Margot à tout le monde. Quand son pote Jos est arrivé pour lui expliquer que, Margot, il la reverrait pas, que c'était un peu son cadeau de bienvenue, Martin lui a balancé son verre au travers de la gueule. Il s'est barré. Les autres l'ont coursé jusqu'au chantier pour lui péter la gueule. Jusqu'à ce que j'arrive.

Fin du message.

12

Rondelle

Nuit, j'en appelle à ta clémence,
Sois naufrageuse de vérité,
Ta faim qui ne sait satiété
Peut amener la délivrance.

Si tu as eu mon innocence,
Abandonne-moi ma liberté.
Nuit, j'en appelle à ta clémence,
Sois naufrageuse de vérité.

Je m'arrangerai de ma conscience,
De ses lambeaux déchiquetés,
Si de mes mains ensanglantées
Personne demain n'a connaissance.
Nuit, j'en appelle à ta clémence.

Il a fallu attendre un bon moment. Que les flics s'en aillent, que le maître-chien fasse son tour, que le clébard ait terminé de marquer chaque réverbère, chaque pas de porte, chaque poubelle. Ils ont fini par retourner dans la voiture, et elle par descendre et rejoindre la sienne.

Garée à une cinquantaine de mètres du Pays des Merveilles, elle observe l'entrée. C'est un petit immeuble de pierres noires, encastré entre deux bâtisses plus hautes. De temps à autre, la porte s'ouvre pour laisser entrer ou sortir un visiteur qui essaie de se fondre dans le bitume. Ça ne donne rien. Elle descend de sa bagnole, pour se dégourdir les jambes et se changer les idées. Elle a envie de pisser aussi. Elle s'engouffre sous un porche noyé d'ombres et débouche sur une large cour gravillonnée qui court sur toute la longueur des bâtiments et fait office de parking pour les résidents.

Élise avance dans l'obscurité, jusqu'à se retrouver à l'arrière du club. De ce côté aussi, toutes les fenêtres ont été obturées. Au rez-de-chaussée, une porte métallique munie d'une lourde serrure permet d'entrer – ou de sortir – sans passer par la rue. Une voiture est stationnée en face. Un coupé sport, sombre, de marque allemande. Elle n'a pas besoin de jeter un œil à son carnet pour reconnaître la plaque d'immatriculation.

À croupetons, elle déchire de son canif un pneu, juste à côté de la valve. Elle se tourne à nouveau vers la porte. C'est d'ici que proviennent les autres images de Merle.

Elle ressort le cliché, se déplace vers la droite pour ajuster l'angle. Il a peut-être utilisé la bonne vieille technique de la caméra planquée dans une boîte à chaussures posée sur une plage arrière.

À l'aide de sa petite lampe, elle éclaire le fond de la cour. Le faisceau balaie des containers à ordures bien agencés pour le tri, une gouttière plongeant dans un bac de récupération d'eau, un vieux poteau électrique en ciment qui s'élance vers le ciel étoilé. Le long du pilier, une gaine électrique disparaît dans un boîtier de plastique gris, environ deux mètres au-dessus du sol.

La jeune femme s'assure qu'aucune silhouette ne se dessine derrière les fenêtres, que personne ne peut la voir. Puis elle grimpe sur la colonne carrée, posant ses pieds dans les renfoncements qui forment une échelle. Arrivée à hauteur du coffret, elle y aperçoit un trou, gros comme une pièce de cinq centimes. Elle glisse la lame de son canif sous un rebord et fait sauter le couvercle. À côté du domino qui raccorde les câbles, fixé à l'aide d'un adhésif double face, elle découvre un appareil gris, rectangulaire, de la taille d'une boîte d'allumettes domestiques. L'engin se termine par une optique de la taille exacte du trou contre lequel il est collé. Elle l'arrache et le fourre dans une de ses poches. Puis elle remet le couvercle et descend du poteau.

Au moment précis où la porte de service déverse une lumière crue sur la courette assoupie.

Les trois arrivants n'ont pas l'attitude de clients qui sortent repus et plumés d'un bar à hôtesses. Elle reconnaît Desmund Sasse, encadré par les deux hommes qui l'ont laissé pour mort dans une chambre incendiée quelques heures plus tôt. Une de ses joues est gonflée, frappée de trois hématomes sombres, sous une arcade elle aussi enflée. Son nez et sa bouche sont barbouillés de sang. Les deux types le guident sans ménagement en direction de leur voiture. Le plus grand dit à l'autre :

— Ouvre le coffre.

Élise se recroqueville derrière le container. La cour s'illumine de plusieurs éclairs orange, et le hayon se relève avec ce mouvement feutré et doux propre aux véhicules haut de gamme. Sasse, les bras dans le dos, leur dit d'une voix rauque :

— On va pas aller loin avec votre caisse. Les pneus sont à plat.

Le petit trapu le lâche et s'accroupit en jurant. L'autre passe un bras autour du cou de Sasse et le tire en arrière.

— Putain, toi, tu sais te faire des copains.

Tapie derrière sa poubelle, Élise rate le premier mouvement du rouquin. Le grognard qui l'étranglait fait trois pas en arrière, le nez en sang. Il lève sa main droite, munie d'une longue matraque, au-dessus de sa tête, prêt à frapper. Mais le coup est trop armé, trop lent, et celui qu'il tenait une demi-seconde plus tôt est déjà sur lui. Il casse la distance, le saisit sous le bras, glisse une jambe derrière son genou, et lui assène une vilaine claque sous le menton. L'homme au visage grêlé s'affale sur le gravier. Desmund imprime une torsion brusque au poignet qu'il enserre toujours entre ses doigts blanchis par l'effort. Les articulations au bord de la rupture, l'autre pousse un cri proche du couinement. Mais le petit gros, avec une vélocité surprenante pour son gabarit, se jette sur Sasse. Ils roulent au sol, échangeant des coups de poing. Ça n'est ni élégant ni efficace. L'homme au visage grêlé se relève, il prend son élan comme pour un penalty, et sa godasse trouve le bide du rouquin. Ils se mettent à cogner, une pluie de coups s'abat sur Sasse, qui se roule en boule pour laisser passer l'orage.

Élise jaillit de la pénombre. Elle braque un gros revolver noir sur le trio.

— Allez, les garçons, la récré est finie. Je veux voir vos mains.

La mêlée s'interrompt dans un silence haché par les respirations haletantes. Le grand échalas la regarde, interdit. Il se redresse sur un genou. Il tient toujours sa foutue matraque télescopique. De sa main libre, Élise percute le cul de la crosse de son arme. Le déclic métallique calme le type, qui laisse tomber son jouet et lève les mains.

— Doucement, ma grande. Ça part tout seul, ces bêtes-là.

— Garde la position, t'es bien comme ça. Et toi, Joe Pesci, mets les mains derrière la tête.

Il s'exécute avec une lenteur exaspérante, en avançant doucement. Élise presse la queue de détente, et une détonation sèche rebondit contre les murs. Joe Pesci porte les deux mains à son ventre. Il a beau ne pas saigner, il se plie en deux en poussant de petits cris étouffés. Desmund Sasse se met à quatre pattes et crache dans les graviers.

— Je vous avais dit que vous étiez trop cons.

D'une poigne ferme, il agrippe le petit trapu par le col et fouille consciencieusement ses poches. Il en ressort un jeu de clefs et un portefeuille, avant de repousser violemment l'homme au sol. Son complice se met à brailler.

— Vous êtes morts. Tous les deux. On va vous roussir le cul bien comme il faut, et quand on en aura terminé avec vous, vous allez supplier pour qu'on vous achève.

La jeune femme fait un pas un avant et le gifle avec le canon de son calibre. Elle le touche à la pommette, qui éclate. Une fontaine de sang gicle sur les cailloux gris en bouillonnant.

— T'as cru que tu parlais à un de tes tapins, connard ? Je crois que tu ne comprends pas bien la situation. Tu sais quoi, sur moi ? Que dalle.

En parlant, elle le palpe et sort ses papiers.

— C'est toi qui as un flingue sur la gueule. Je sais où te trouver et maintenant j'ai ton nom… Bleiz Bradrouk. Ton numéro de petite frappe, je le connais, je l'ai déjà vu cent fois, et il ne m'impressionne pas. Des fils de pute dans ton genre, y en a tous les matins dans la cuvette de mes chiottes. Alors menace-moi encore une fois, appelle-moi ma grande, ou même ose seulement me regarder, et je vide mon chargeur dans ta grosse gueule de con.

Bleiz inspire un bon coup et baisse les yeux. Un rictus mauvais tord sa bouche. Élise jette un œil vers Desmund qui lutte pour reprendre son souffle.

— Et lui, c'est quoi son nom ?

— Da Silva. Pedro Da Silva.

— Pedro, Bleiz, vous allez vivre un moment inoubliable.

Elle attrape Bleiz par l'oreille et lui tire la tête vers l'arrière, le canon de son arme collé sur sa nuque.

— Flanque-toi là-dedans.

L'autre soupire, mais il a compris qu'il n'était plus aux commandes. De mauvaise grâce, il se plie en deux pour se loger dans le compartiment. Sasse a déjà empoigné les cheveux de son acolyte. Il lui chuchote quelque chose à l'oreille. Le petit gros hoche la tête, presque imperceptiblement. Élise braque toujours Bleiz.

— Maintenant, Pedro, tu vas aller servir de couverture à ton pote. Vous serez un peu à l'étroit, mais t'en fais pas, ça restera entre vous. Tu sais ce qu'on dit, hein ? Ce qui se passe dans le coffre de la voiture reste dans le coffre de la voiture.

Et elle le pousse à l'intérieur. Bientôt, leurs voix et

leurs grognements ne sont plus qu'un son étouffé par la carrosserie. Desmund Sasse s'assied sur le pare-chocs.

— Ça fait deux fois que tu me sauves la mise. T'as décidé d'être mon ange gardien ?

— Je crois que le mot que tu cherches, c'est merci. Ça va ?

— Beaucoup mieux que si tu n'avais pas été là. Merci, Élise. Tu… tu te promènes toujours calibrée ?

Elle regarde le revolver comme si elle le voyait pour la première fois.

— Balles de caoutchouc. En général, il reste chez moi. On dirait que j'ai été bien inspirée de faire une exception. Tu veux appeler la police ?

— Pour quoi faire ? Ces deux abrutis sont des sous-fifres. On leur donne, ils seront dehors demain. On a rien pour prouver qu'ils ont foutu le feu, et pour ce qui vient de se passer, leurs poules s'empresseront d'aller raconter que j'ai eu les mains baladeuses et qu'ils m'ont juste mis dehors. Musclés, mais réglo, quoi.

— Tu crois qu'ils ont quelque chose à voir avec la mort de Léo Cap ?

— J'en sais rien. Si on leur a dit de le descendre, ils sont foutus de l'avoir fait. Mais vu le genre, j'imagine qu'ils l'auraient salement tabassé, ou qu'ils lui auraient collé une balle dans la tête, plutôt que de le suriner. De toute manière, les flics ont déjà un coupable, ils mettront juste un couvercle sur tout ça. Je veux toute l'histoire, tous les détails, et quand j'aurai compris ce qui se passe et pourquoi, alors peut-être, je dis bien peut-être, j'irai voir les vaches. En attendant, ils sont bien là où ils sont.

— J'ai récupéré trois photos sur la carte que tu m'as donnée. Merle surveillait le club. Je ne sais pas pourquoi, ni ce qu'il a trouvé. Mais il avait planqué une caméra ici. On va voir ce qu'on peut en tirer.

— T'as pas chômé. On va faire ça, mais d'abord, je dois retourner à l'intérieur.

— Quoi ?

— J'ai oublié mon manteau.

Elle le laisse ouvrir la porte blindée à l'aide d'une des clefs du trousseau chipé sur Pedro et entre la première, l'arme au poing. Quatre portes et un rideau se découpent dans le couloir. De l'index, il en indique une. Elle donne sur un salon privé, une pièce ridiculement petite au sol jonché de débris de verre, de mégots de cigarettes et de flaques de champagne marbrées de pourpre. Desmund fouille le bordel et récupère un paquet de tabac, des feuilles détrempées et sa vieille pelure noire rafistolée par endroits avec des coutures grossières ou des morceaux d'adhésif. Il inspecte rapidement ses poches et murmure :

— Tout est là. On monte, maintenant.

Ils ressortent et elle écarte l'épais rideau bleu. Une volée de marches de ciment brut se dessine dans la pénombre. Si tout le rez-de-chaussée est décoré, marqueté, lambrissé, le reste est purement fonctionnel. Elle grimpe et fait signe à Desmund de ne pas faire un bruit. Il hausse les épaules.

— Ça va, je suis pas demeuré.

Elle a envie de lui rappeler qu'allumer toutes les lumières pendant une perquisition illégale ou bouffer une pomme au milieu d'une scène de crime tendrait à prouver le contraire. Elle se contente de lui faire une grimace qui cache mal un sourire amusé.

L'étage est un désolant assemblage de murs de parpaings percés de portes d'entrée de gamme. La première est entrouverte. Assise sur une chaise, une jeune femme aux cheveux bleus fume une cigarette en fixant le mur. Desmund secoue la tête de gauche à droite, rabat le battant et verrouille la porte. La fille doit penser que Bleiz ou Pedro l'a enfermée, parce que sa réaction se limite au long soupir blasé de celle qui en a vu d'autres.

La deuxième porte s'ouvre sur un bureau étroit, meublé d'une étagère métallique bourrée de cartons d'archives et de classeurs, d'une planche posée sur des tréteaux en alu et d'un fauteuil dactylo auquel il manque une roulette.

La dernière, au fond du couloir, est fermée. Desmund sort à nouveau le jeu de clefs de Pedro, trouve la bonne et actionne la poignée.

Une chaise pliante vole à travers l'ouverture, en plein sur sa tête. La massue de fortune ne l'envoie pas au tapis, mais ça le sonne quand même. Il titube, juste devant

Élise, et l'empêche de voir d'où vient le coup. Soudain, une furie lui tombe dessus en hurlant. Des ongles longs lui labourent la joue, des dents mordent son épaule, cherchent son visage, un cri suraigu leur vrille les tympans. Une épaisse tignasse rousse virevolte autour de lui. Une très jeune fille se débat comme une diablesse, elle rue des deux jambes et jure des insanités à en faire rougir un légionnaire. Elle est fine, assez menue dans sa robe de velours carmin, et essaie de le savater du bout coqué de ses Doc bordeaux. Des dents de nacre accrochent l'oreille de Sasse. Ça lui arrache un cri où se mêlent douleur et colère. Élise plonge, ceinture la gamine et la plaque contre un mur. Malgré la rage qui déforme ses traits, elle est plutôt jolie. Une pluie de taches de rousseur se promène sous les yeux gris qu'elle darde sur les deux arrivants. Ses lèvres portent encore la trace, défraîchie, d'un rouge à lèvres clair.

— Du calme. On est des amis de Richard.

La gosse s'arrête net. Elle leur jette un regard noir.

— Ça m'étonnerait. Il m'a jamais parlé de vous.

— On va sortir de là, déjà, et on t'expliquera.

— Où sont les autres ?

— Bleiz et le petit gros ? Aux fraises. C'est eux qui t'ont enfermée ici ?

Elle acquiesce. Une mèche de cheveux tombe sur son front. Elle a l'air épuisée, triste, et dépassée par les événements. Ses yeux gonflés témoignent de larmes abondantes.

— Ces deux connards m'attendaient sur le chemin du lycée. Ils m'ont embarquée en pleine rue.

Desmund s'approche en se frottant l'oreille.

— J'espère que t'as pas la rage ou un truc comme ça. J'ai une question à te poser, et c'est très important. Où est-ce que tu étais hier soir ?

Ses yeux s'arrondissent.

— Chez Richard.

— Avec lui ?

— Bien sûr. Pourquoi j'y serais allée, sinon ?

— J'en sais rien. Tu l'as retrouvé à quelle heure ?

— Après les cours, vers dix-huit heures.

— Vous êtes sortis ?

Elle secoue la tête.

— Non. Pourquoi vous demandez ça ? Qu'est-ce qui se passe ? Il est où Richard ? Il m'a envoyé un texto, il arrive.

— C'est moi qui t'ai envoyé le message. Il va pas pouvoir venir. Il est en prison.

— Quoi ?

— Et tu peux le faire sortir. T'es peut-être bien la seule à pouvoir le faire. Mais pour ça, tu vas devoir raconter ton histoire à la police.

— En prison ? Les salauds. Je… Mais vous êtes qui, d'abord ?

— Un ami de Richard. Je m'appelle Desmund. Il est accusé de meurtre, petite. C'est sérieux.

Élise sent le corps de la « petite » se raidir. Sa bouche s'ouvre, comme si elle cherchait de l'air sans pouvoir en trouver. Ses paupières se rabattent plusieurs fois sur son regard défocalisé, puis elle s'affale, inerte, dans les bras de la jeune femme.

— Ben on peut dire que tu sais parler aux filles. Elle est tombée dans les pommes. Il va falloir la porter pour la sortir d'ici.

Message à Peter Punk

Boîte vocale, message archivé nº 5

C'est toujours moi. Ça me plaisait pas trop, toute cette histoire. Mais c'étaient pas mes oignons. Peut-être bien que ça lui ferait les bottes, à Martin, et qu'il se tiendrait à l'écart de cette bande d'allumés.

Au bout de quelques jours, comme il avait pas donné signe de vie, je suis passé chez lui. Je m'inquiétais, tu vois. Personne, mais ses affaires étaient là. Et dans un coin, au pied d'un mur, y avait une croûte brune, comme une petite flaque séchée.

J'ai pensé à Bleiz et Pedro en train de le rosser. Je revoyais ces deux gros cons en train de distribuer des enveloppes de cash à côté des cabanes de chantier. Le travail au black, c'est un truc de démerde, vivre et laisser vivre. Mais je me suis mis à faire le compte et je me suis dit que ça faisait quand même beaucoup d'argent et que je m'étais jamais demandé d'où il venait. Et même si un bar à putes dégage des grosses marges, ça suffit encore pas pour allonger tout ça.

Je savais bien que mettre mon nez là-dedans c'était aller au-devant des emmerdes, mais ne rien faire, ça me laissait l'impression de participer à un truc dégueulasse. J'aurais pu aller voir les flics, mais je leur aurais dit quoi ? Et puis, tu sais, les flics, depuis l'histoire de mes vieux, je leur fais plus trop confiance.

Alors j'ai loué une petite piaule pas loin du Pays des Merveilles. Je paie à l'avance, en liquide. Ça fait plusieurs mois que je surveille les allées et venues, de loin. Je n'ai jamais retrouvé Martin.

Fin du message.

13

Solveig

And then later, when it gets dark
We go home

Perfect Day, LOU REED

Je soulève la gosse et j'ai beau savoir qu'il est vide, je remercie quand même le ciel que Richard ne se soit pas trouvé une copine plus robuste. On reprend le chemin en sens inverse, et ça cogne de partout. Ariel dans son bureau tambourine à la porte et gueule à s'en fissurer la gorge. En bas, peut-être pour couvrir sa voix, quelqu'un a monté le son, et les basses font vibrer les cloisons et les marches de l'escalier. Nous repassons dans la cour, où des coups réguliers mais las résonnent du coffre de la bagnole. Ils peuvent toujours y aller, c'est de l'allemand, ça s'ouvre pas comme ça. Il fait toujours aussi chaud, j'ai même l'impression que c'est pire. Mon cœur bat trop vite. Il faudrait que j'arrête de fumer.

Et pourtant, même si je me suis fait dérouiller, même

si la douleur irradie de mon oreille en longues vagues qui me cinglent les nerfs, même si mes côtes me font l'effet d'avoir été chiffonnées comme un vieux morceau de papier alu, je me sens bien, mieux en tout cas que depuis longtemps. Richard va sortir.

Élise avance d'un pas souple jusqu'à une petite citadine grise, ni trop récente ni trop ancienne, tout ce qu'il y a de plus anonyme. Dès qu'elle a ouvert la portière, je dépose aussi délicatement que possible la jeune fille sur la banquette arrière.

Ses boucles rousses, un peu folles, tombent en avalanche sur ses épaules et son visage. Elle a beau être chamboulée, en avoir trop vu, sans doute, pour une gamine de son âge, elle dort du sommeil du juste, belle sous la lumière pâle, belle comme une enfant assoupie, qu'on aurait envie de border en la regardant enfouie dans son sommeil rempli de promesses.

Une main se pose doucement sur mon épaule et m'extirpe de mes contemplations.

— On dégage.

Je m'installe côté passager. L'habitacle sent le tabac froid, le vieux café et le papier d'Arménie. Le tapis de sol à mes pieds est jonché de gobelets écrasés, d'emballages en carton et de papiers plus ou moins gras. Élise allume une cigarette, me tend son paquet et démarre. Je me sers pendant qu'elle décolle du trottoir et s'éloigne en douceur.

— Comment tu m'as trouvé ?

— La chance. J'ai suivi les images que j'ai récupérées sur ta carte SD. Richard surveillait le Pays des Merveilles. Comment tu as atterri là ?

— J'ai envoyé un texto à la petite.

Elle ne me pose pas de question. Je vois bien que ça la démange, mais elle regarde devant elle, en silence.

— Dans les affaires de Richard, j'ai aussi trouvé un téléphone. Il n'y avait que deux numéros dedans : le sien et le mien.

Elle hoche la tête. Elle ne me demande pas pourquoi je lui ai caché ça. Faudra bien qu'on en parle à un moment ou à un autre.

— Tu veux l'emmener voir les flics ?

— Je veux lui parler, d'abord. Ça te va si on retourne au New rose ?

— Si tu veux. Merle avait planqué une caméra dans la cour. Elle devait filmer les allées et venues par la porte de service. Et elle tournait encore quand je l'ai trouvée.

— Depuis quand ?

— J'en sais rien. C'est du matos militaire. Bien réglé, avec un système d'enregistrement ciblé sur certaines heures et un détecteur de mouvements, ce genre de trucs peut avoir plusieurs jours d'autonomie.

— Donc, il y aura la capture d'hier soir ? Il faut qu'on voie ce qu'il y a dessus.

— Je sais. J'ai tout ce qu'il faut dans le coffre. En

attendant, il doit y avoir une bouteille d'eau et des serviettes en papier dans la boîte à gants. T'as du sang plein la gueule.

Rue des Innocents, Élise gare la voiture à cheval sur un passage piétons. La petite émerge en clignant des yeux. Elle regarde autour d'elle, un peu paumée, puis elle me voit et arrête de respirer.

— Du calme. On a quitté le Pays des Merveilles. On va te mettre à l'abri, et tu pourras appeler tes parents si tu veux.

Elle se mord la lèvre inférieure et hausse les épaules, les bras croisés sur la poitrine.

— Je veux voir Richard.

— Il est au trou. Mais si on se débrouille bien, il sera dehors demain. Je te l'ai dit, je m'appelle Desmund. Elle, c'est Élise. On veut le faire sortir, mais on a besoin de ton aide…

— Solveig. Qu'est-ce qu'il faut que je fasse ?

— Que tu racontes la vérité. C'est tout ce que je te demande.

Nous traversons une petite place remplie de soiffards qui se pressent devant les portes des bars de nuit, sous le regard vide de vigiles pétris d'ennui, presque tous blacks. Ça braille de partout, ça sautille et ça s'esclaffe, avec une fureur hystérique, comme si faire durer la nuit allait rattraper toutes celles que le confinement du printemps a bousillées. En contrebas, bien en dessous du quartier de la Soif, ça continue à s'échanger des pavés et des jets de gaz. Quelque chose éclate dans une rue perpendiculaire, et une demi-douzaine de types émergent en courant du nuage de fumée qui se répand sur le carrefour. L'un d'eux, la gueule cachée par une capuche et un foulard, se retourne et, d'un geste délié, balance un morceau de pavé vers les forces de l'ordre qui doivent s'être lancées à leur poursuite. Réplique immédiate, une détonation sèche, et la tête du mec cagoulé bascule brusquement vers l'arrière. Il porte les mains au visage, titube à contresens et s'écroule. C'est de mieux en mieux. Les flics qui débarquent en vociférant mettent fin à toutes velléités, chez les black blocs, d'aller chercher leur camarade tombé au feu. Ces poulets-là, c'est pas des CRS. Blousons épais, casques MO, flash-ball, brassards orange. La BAC au mieux de sa forme. Ils se mettent à trois pour coller quelques coups de godasse dans le pauvre type qu'ils ont mouché. Ils justifient leur prime dans l'indifférence générale, l'indifférence des vaincus.

Nous bifurquons rue de la Soif, où s'égayent encore quelques retardataires devant les bistrots qui ferment, malgré le chaos et l'odeur tenace des lacrymogènes qui s'est incrustée dans toute la ville. On s'engouffre dans l'impasse nauséabonde qui mène au New rose. Assis sur des marches de pierre usées, deux types fument un joint en buvant des 8.6.

En entrant, nous croisons les derniers clients, les durs au mal, ceux qu'il faut chasser à coups de pelle, ceux qui veulent toujours une dernière tournée de shots et qui aimeraient bien rester après la fermeture. Un môme d'une vingtaine d'années, du gel plein les cheveux, est en train de ramasser les chaises et de les poser sur les tables. Il se tourne brusquement vers nous.

— C'est fermé.

— C'est bon, Jérémy.

Derrière le comptoir, Marv griffonne quelque chose sur un carnet, puis elle lève la tête. Elle sourit. C'est ce que j'ai toujours aimé chez elle. Elle ne fait jamais la gueule trop longtemps. Marv, elle a pas de temps à perdre avec ce genre de conneries. Elle dit ce qu'elle a sur le cœur, et la vie continue.

— Desmund. T'as une sale gueule.

— Je me suis pris une porte ou deux, mais ça valait le coup. Tu connais Élise. Je te présente Solveig. On va monter un moment.

— C'est chez toi. On va rester un peu ici pour nettoyer et fermer la caisse. Je vous rejoindrai peut-être tout à l'heure.

Je grimpe les marches recouvertes d'une moquette de couleur indéfinissable, tachée et râpée jusqu'à la trame. Arrivé à l'étage, je me dirige vers le fond et fais basculer l'échelle pliante qui mène au studio. J'embrasse la pièce d'un mouvement de bras d'amplitude restreinte.

— Mettez-vous à l'aise. Il y a des trucs au frigo. Les chiottes sont là. Je vais prendre une douche et passer des fringues propres, j'ai l'impression d'être un clodo. J'en aurai pas pour longtemps.

Dans la salle de douche, je retire mes vêtements trempés de sueur, de sang et d'essence, et me faufile sous le jet tiède. La cascade artificielle ruisselle sur ma peau, elle ramasse un peu de la lassitude de cette interminable journée. L'eau qui s'engouffre dans la bonde est sale, chargée de suie, de sang, de petits morceaux de gravier et de terre. J'attends qu'elle s'éclaircisse, qu'elle ait fini d'emporter les heures de garde à vue, le souvenir de l'incendie, les coups, les morsures. Mon corps est une plaie. Et il est à peine deux heures du matin. C'est pas comme ça que je voyais mon premier jour dehors. Je repense à ce que m'a dit Marv. Tirer un trait, me casser. Aller chercher ailleurs la lumière que je ne trouverai pas ici. C'est pas si simple.

Je l'ai poursuivi longtemps, ce rêve idiot d'un pays de soleil et d'air pur où on oublierait qu'on est de la boue sur pattes, cet improbable eldorado aux rues pavées d'or, aux tables d'auberges garnies de délices servis par des jeunes gens beaux et rieurs, tout droit sortis d'un âge d'or fantasmé. Mais un endroit pareil, c'est une chimère. On naît, on respire, on baise, on tue et on crève dans une fosse à purin. Ici ou ailleurs, j'ai trouvé la même poisse qui colle aux semelles dès qu'on sort des chemins tout tracés, le même fumet dégueulasse qui pointe derrière les parfums hors de prix et les déos bon marché, les mêmes tombereaux de merde charriés par le cours lent et immuable d'une existence absurde.

Je suis parti plus de quinze ans, et j'ai payé cher pour comprendre ça. Cette ville en vaut d'autres, mais au moins c'est la mienne. J'y ai des souvenirs et, même si c'est pas les plus nombreux, dans le tas, certains sont bons. Je vais essayer de m'accrocher à ceux-là.

Je ressors quelques minutes plus tard, vêtu d'un t-shirt propre, de sous-vêtements propres, d'un pantalon propre, et même d'un pansement propre sur le coin de l'oreille. J'ai presque l'impression d'être neuf. Un peu usé, mais neuf quand même.

Penchée en avant, Solveig étudie une à une toutes les affiches accrochées aux murs.

— T'as vu tous ces groupes ?

— La plupart, oui. T'en connais quelques-uns ?

Elle acquiesce doucement, comme le ferait une enfant sage qui s'attend à être interrogée. Sur la table basse, Élise pianote sur le clavier d'un ordinateur portable, auquel est relié un petit appareil gris. Elle allume une cigarette au mégot rougeoyant de celle qu'elle vient de terminer.

— Il y a trois jours de vidéo là-dessus. J'ai transféré et converti les fichiers d'hier. Vous voulez voir ?

En guise de réponse, je prends dans mon sac un paquet de feuilles tout neuf, une boîte d'allumettes, et viens m'asseoir à côté d'elle. Solveig s'approche du canapé mais reste debout, légèrement en retrait. Élise appuie sur « entrée », et un lecteur s'ouvre. C'est moche, gris, digne de l'interface de lancement d'un Amstrad 6128. Une série d'onglets indique les heures, une autre les minutes et, au-dessous, des tas de petits carrés sont alignés. Les gris doivent désigner des périodes de pause, quand la caméra ne filme rien. Les autres, avec leurs couleurs brutes, les moments de captation. Jouant avec le pavé tactile, Élise sélectionne un carré jaune, qui correspond à dix-sept heures vingt-six, et lance la lecture.

Le plan est fixe, cadré sur la porte de service, en légère plongée. Il fait jour. La séquence est très courte, cinq secondes. On voit juste le cul d'une bagnole passer dans la partie gauche de l'écran, puis rien ne se produit et l'image finit par se figer. En haut de l'écran, une incrustation indique 17:26:43. La jeune femme nous explique.

— La caméra se déclenche dès qu'il y a un mouvement et continue de filmer quelques secondes si rien ne bouge, avant de se remettre en veille. Là, quelqu'un est venu se garer. Quand la voiture est entrée dans le champ du détecteur, l'enregistrement s'est lancé. Et comme rien ne s'est passé, elle s'est remise en veille. Vous voyez tous ces petits carrés jaunes, isolés ? Ce sont des séquences comme celle-là. Une voiture, un passant. Ce qu'on cherche, ça va être les carrés rouges et surtout les moments où plusieurs carrés se suivent. Ça signifie que la capture a été plus longue, donc qu'il y a eu un mouvement prolongé en face de la caméra.

Elle navigue ainsi d'une séquence à l'autre. C'est fastidieux, on aperçoit quelques traînards et pas mal de voisins.

18:01:23 : Une femme s'approche de la porte. Elle a les cheveux ramenés en chignon, un chemisier clair, une jupe sombre. Elle fouille dans son sac à main, en sort un trousseau et ouvre la porte. On ne distingue pas ses traits, mais sa posture, ses mouvements me suffisent pour l'identifier.

— C'est la serveuse. Enfin, elle est derrière le bar, mais elle doit faire office de responsable sur place.

18:22:54 : Un coupé sport se gare juste sous la caméra. Deux silhouettes entrent dans le champ et se dirigent vers la porte. Bleiz et Pedro, leurs dégaines sont faciles à reconnaître. Ils ouvrent avec leur clef.

Ensuite, jusqu'à environ vingt heures, plusieurs filles se présentent à intervalles réguliers. Elles frappent à la porte et attendent qu'on vienne leur ouvrir. Elles sont toutes jeunes et bien fichues. Je n'en reconnais aucune.

21:01:32 : Un couple arrive à pied. L'homme est massif, épais, musculeux. Ses cheveux sont sombres, coupés très court. La femme qui l'accompagne arbore une abondante chevelure claire et son corps mince est emballé dans une robe moulante qui renvoie la lumière. Ils sonnent. La porte s'ouvre, Pedro passe la tête à l'extérieur, balaie la cour du regard et les fait entrer.

— Il n'est pas tranquille. Tout à l'heure, c'est à peine s'ils ne sifflotaient pas. Il s'est passé quelque chose.

Élise hoche doucement la tête.

— Peut-être. En tout cas, eux, je les connais.

— Le couple ?

— Karim Bentarrek. Il y a quelques années, il dealait avec la bande du Blosne. Il a tiré quelques mois à Jacques-Cartier après une rixe, et, en sortant, il s'est lancé dans le proxénétisme et le trafic à plus grande échelle. Peut-être un meurtre ou deux au compteur. Il s'en est tiré faute de preuves solides. Il dirige maintenant une petite boîte de sécurité, Asgard.

— Ça existe encore ce truc ?

— Tu connais ?

— J'ai bossé pour eux quand j'étais jeune. La fille ?

— La fille, c'est François-Xavier Goazec, dit Fix. A purgé huit ans pour avoir descendu un flic dans une émeute. Il a viré sa cuti en cabane…

— … et il fait le mac.

— Oui. Il a un réseau d'escorts. De tous les genres.

J'acquiesce en réfléchissant.

— C'est sans doute lui qui a fourni les sirènes.

— C'est quoi ça ?

— Le buste d'une femme et, en dessous de la ceinture, une queue. Ils font des soirées à thème au Pays des Merveilles. Tu nous mets la suite ?

21:07:41 : Un 4×4 urbain, démesuré, aux vitres fumées,

se gare dans la cour. Il déverse ses deux occupants dans le champ de la caméra.

Eux, je les connais. Espèce de petit salopard. Tu t'es bien foutu de ma gueule. Je me tourne vers Solveig.

— T'as déjà vu ces mecs ?

Elle secoue la tête. Au point où elle en est, autant tout lui dire.

— Le mec avec les tresses collées au crâne, c'est Scarab. Tu achètes ou tu vends de la came dans le sud de la ville, tu passes par lui. Le balèze qui l'accompagne se fait appeler Bloke. C'est son garde du corps.

21:13:19 : La cour commence à être chargée quand une toute petite citadine vient se ranger à côté des bagnoles trop chères qui se trouvent déjà là. Je ne distingue pas tout de suite les traits de la femme qui en sort. Solveig a un haut-le-cœur. Sur l'écran, la femme est menue, élégante dans son ensemble chemisier-tailleur. Il y a quelque chose de familier dans sa manière de se tenir, de bouger, de ramener une mèche de cheveux derrière son oreille. Puis elle lève la tête et, quand je vois son visage, mon cœur a un raté.

Solveig fond en larmes. Élise met la vidéo en pause.

— Qu'est-ce qui se passe ?

Et avant qu'elle ouvre la bouche, je sais ce qu'elle va dire.

— C'est ma mère.

14

Corynthe

> *And even though they don't show,*
> *The scars aren't so old*
> *And when they go,*
> *They let you know*
>
> *You Can't Put Your Arms Around a Memory*, JOHNNY THUNDER

Quand j'étais môme, après la mort de ma mère un dimanche de novembre, mon vieux est venu s'installer à Morclose. Je crois qu'un copain lui avait proposé du boulot. Et surtout, lui comme moi, on avait besoin de changer d'air, de quitter la baraque à la campagne devenue trop grande pour nous deux, le jardin en friche depuis qu'elle ne s'en occupait plus, la solitude pesante que seuls venaient perturber le facteur et quelques chiens errants.

On est arrivés dans un quartier qu'était pas vraiment fait pour nous. Dans cette rue résidentielle bardée de maisons tellement grandes que je les prenais pour des châteaux, deux bicoques délabrées et étroites juraient comme deux verrues accrochées au sourire d'une jeune première. Plabennec, un flic alcoolo, habitait l'une d'elles. Nous occupions l'autre. Les voisins nous prenaient pour des Manouches ou je ne sais quoi, avec notre vieille R12 pourrie qui laissait derrière elle des taches d'huile, des monceaux de fumée noire et l'impression qu'un tracteur venait de labourer le bitume. Eux, c'était plutôt Alfa Roméo, Audi, bon sang, y avait même une Renault Alpine, qu'un notaire conduisait avec des gants de cuir qui s'attachent avec un bouton-pression. Je voyais bien les regards méprisants qu'ils nous jetaient, surtout à mon vieux, quand ils passaient devant chez nous.

Heureusement, les mômes sont pas aussi cons, et je me suis fait des copains. Et parmi eux, la petite voisine, Corynthe. Elle habitait une grande maison austère au coin de la rue, avec sa sœur aînée, Céline, et son petit frère, Charles-Antoine. Comme c'était aussi le cabinet de leur médecin de père, les gamins étaient priés d'aller jouer ailleurs pour pas le déranger. Alors on se retrouvait dans la rue, on s'inventait des jeux et on s'imaginait que ça durerait toujours. Corynthe, dès que je l'ai vue, j'ai décrété que c'était mon amoureuse, et comme elle était d'accord, on s'est même mariés en secret sous un arbre derrière l'église. On allait se cacher dans la petite cabane de son jardin pour s'embrasser et se raconter tout ce qu'on ferait quand on serait grands.

Puis y a eu ce truc avec son père. Aujourd'hui, peut-être bien qu'on irait se confier à un prof, ou à une assistante sociale, mais c'étaient les années quatre-vingt, y avait pas de prévention ni de numéro d'urgence, et on ne parlait pas de ces choses-là. En désespoir de cause, quand j'ai pigé que je n'avais rien à attendre de mon épave de père, je suis allé me confier à mon voisin, le flic alcoolo. Il m'a écouté, longtemps. Il m'a dit de pas m'en faire.

Deux jours plus tard, quand je suis rentré de l'école, la rue grouillait de voitures de police. Corynthe, je l'avais un peu perdue, mais elle était sauvée de ce salaud.

Elle ne m'a jamais écrit.

Je l'ai retrouvée des années plus tard.

Et ça a été l'une des plus belles périodes de ma vie. Elle et moi, c'était une évidence, et dès que je l'ai revue, j'ai su que c'était elle, depuis toujours, pour toujours. Et ça devait être pareil pour elle, en tout cas je le croyais, alors on a pris un verre, et puis on est repartis comme si on ne s'était jamais quittés. À force de trimballer sa brosse à dents d'un appartement à l'autre, Corynthe a fini par s'installer chez moi. C'était petit, on ne roulait pas sur l'or, mais on était ensemble et ça nous suffisait. Ça aurait dû nous suffire, mais j'étais trop jeune, trop con, j'en avais jamais assez. Je passais ma maîtrise de droit, bossais la magistrature, suivais mon stage, boxais à un niveau sérieux, martyrisais mon accordéon dans un groupe de garage punk, dealais un peu de shit pour boucler les fins de mois… Autant dire que j'étais pas souvent à la maison.

C'est sans doute pour ça que quand son père est sorti de prison, Corynthe ne m'en a pas parlé. Ni quand il a commencé à l'appeler, qu'il a voulu reprendre contact avec elle, avec eux. C'est sans doute pour ça que j'ai rien calculé quand Corynthe a commencé à lentement glisser, à prendre des cachets, et des trucs de plus en plus forts.

Je suis rentré un jour dans un appartement vide. J'ai retourné la ville dans tous les sens, et quand j'ai fini par la trouver, elle tirait le dragon par la queue et faisait la pute pour un petit mac minable. Baloo, il s'appelait. Et moi, je comprenais rien et j'avais juste envie de chialer toutes les larmes de mon corps. J'ai foutu en l'air ce qui restait de ma vie. J'en suis ressorti couvert de plaies et de bosses, souillé et brisé. Je suis devenu une épave. J'avais vingt-deux ans.

Ça aurait pu en rester là, j'aurais fini par me redresser. Mais ça s'est passé autrement, parce qu'elle et moi, ça ne peut pas se terminer. Quelques années plus tard, j'ai balancé Baloo par une fenêtre. Il a dévalé dix-sept étages en me traitant d'enculé. Lui, il ne m'empêche pas de dormir. Corynthe devait se sentir une espèce de dette envers moi. Elle m'a emmené chez le seul médecin qui n'allait pas appeler les flics. Son père. Et pendant qu'il me rafistolait, sans rien me dire, elle s'est pointée au commissariat et a avoué le meurtre de Baloo. Elle a pris cinq ans, et j'ai quitté la ville, la queue entre les jambes.

Au bout de deux ans, on l'a libérée. Je l'attendais à la sortie.

On a passé une journée ensemble, puis une nuit, et elle m'a dit qu'elle avait besoin de partir. Seule. De se réinventer une vie ailleurs, loin de cette saloperie de ville, loin de son père. Et loin de moi. C'est la dernière fois qu'elle m'a quitté. Moi, je suis reparti, cinq ans de folie, dix ans de silence, les jours où je n'en pouvais plus, je pensais à elle, et tout le reste était facile. Corynthe, c'était la réponse à toutes les questions que je pouvais me poser, le parce que de mes pourquoi. Je m'étais vu vivre avec elle le restant de mes jours, lui faire une ribambelle de mômes qu'on aurait élevés dans une baraque immense, avec presque pas de murs et des tas de fenêtres. Et j'ai vécu des années à m'accrocher à l'idée qu'on y arriverait, qu'on se retrouverait et que ça serait enfin beau, à me dire qu'elle ne serait pas toujours cette pauvre gosse en pleurs dans une cabane de jardin.

Et puis un jour, j'ai fini par me faire une raison et par apprendre à exister sans elle, parce qu'il fallait bien que je continue à vivre, et aussi parce qu'on ne peut pas mettre ses bras autour d'un souvenir.

15

Fin de partie

I'm gonna make me a big sharp axe
Shining steel tempered in the fire
I'll chop you down like an old dead tree

Dirty Old Town, THE POGUES

Et aujourd'hui, des années après, sur le petit écran monochrome, je regarde Corynthe sortir un trousseau de clefs, ouvrir la grosse porte métallique et entrer comme chez elle dans un bar à putes où se trouvent déjà les deux types qui ont essayé de me tuer, Scarab, dealer notoire, son titan de garde du corps, et un couple de maquereaux. J'essaie d'emboîter tout ça, mais j'ai le cerveau qui grince et les mains qui tremblent. J'allume une cigarette roulée n'importe comment, le côté collant vers le dessus. Elle se délite, mais j'essaie de la fumer quand même.

À l'autre bout du clic-clac, la petite marmonne, perdue dans ses pensées. Quelques injures fusent de la bouillie confuse qui file entre ses lèvres serrées. Deux veines bleues palpitent sous la peau de son visage d'une pâleur terrifiante. Puis elle semble se rappeler qu'on est là. Elle demande d'une voix faible :

— Qu'est-ce qu'ils font là ?

Élise me jette un coup d'œil interrogateur. Elle ne sait pas quoi lui répondre, et pour tout dire, moi non plus. J'ai jamais eu de môme, et je ne suis pas sûr que ça aurait changé quelque chose. Comment on dit à une gamine que sa mère magouille avec des voyous et des criminels ? Qu'elle a les mains pleines de merde, que la jolie petite maison de bord de mer où elle passe ses vacances a été payée par les jambes écartées de tout un tas de pauvres filles pas beaucoup plus âgées qu'elle, que ses cours de piano, ou de violon, qu'est-ce que j'en sais, ont été financés par la came et que les deux enculés qui l'ont séquestrée sont en cheville avec sa petite maman ? Je pourrais la rassurer, lui raconter qu'il y a sûrement une explication. Mais je n'en suis pas capable. Cassée par la fatigue, les clopes et un malaise presque tangible, une voix rauque que je peine à reconnaître sort d'une gorge, la mienne.

— Elle fait quoi pour vivre, ta mère ?

Elle se raccroche à cette question simple, comme à la perche d'un maître-nageur.

— Elle est entrepreneuse. Elle construit des immeubles.

— Depuis longtemps ?

Elle hoche la tête, plisse le nez.

— C'était la boîte de mon père. Elle a repris la direction quand il est mort, il y a six ans.

— Et elle a l'habitude de travailler le soir ?

— Des fois. Je ne sais pas. Qu'est-ce qui se passe, là ? Et c'est quoi le rapport avec Richard ?

— Tu sais pourquoi les deux affreux sont venus t'embarquer ce matin ?

Elle réfléchit, les yeux dans le vide.

— Non.

— Mais tu les as suivis, tu les connais.

— Bleiz travaille pour nous depuis des années. C'était le chauffeur et le garde du corps de mon père. Il m'a dit que ma mère voulait me voir, que c'était urgent.

— Il t'a dit pourquoi ?

Elle se mordille la lèvre inférieure.

— Non. Ils m'ont emmenée là-bas et ils m'ont enfermée avec des biscuits et des jus de fruits.

— D'accord. À mon avis, ta mère a de très mauvaises fréquentations. Bleiz a essayé de me descendre deux fois aujourd'hui. Sans Élise, j'y serais resté. Richard surveillait le Pays des Merveilles, et sans doute Bleiz. C'est lui qui a installé cette caméra. Je ne sais pas ce qu'il cherchait, ou ce qu'il a trouvé, mais ils ont dû le savoir. Maintenant, on va devoir regarder le reste de la vidéo. Si tu veux, tu peux descendre, Marv te fera un chocolat ou un truc comme ça.

Elle se redresse d'un bond, son visage vire au rouge vif.

— Un chocolat ? J'ai été enfermée pendant plus de douze heures, mon copain est en prison, ma mère blanchit du pognon pour des ordures, et toi, tu me proposes un chocolat chaud ?

Elle ferme le poing et l'abat sur ma poitrine. Il y a plein de choses qui me perturbent dans ce qu'elle vient de dire. Ça va trop vite. Elle ne me laisse pas y réfléchir.

— Vous croyez quoi avec vos jus de fruits et vos chocolats chauds ? J'ai pas huit ans !

Elle recommence, plus fort.

— Je veux la voir, cette putain de vidéo, jusqu'au bout, jusqu'à la lie, je veux savoir ce qui se passe.

Un coup accompagne chacun de ses mots. J'attrape doucement ses poignets et, comme on fait avec une gosse en larmes, je la prends dans mes bras. Elle se laisse faire et se met à pleurer sur mon épaule.

— J'ai le droit, bordel, j'ai le droit !

— Bien sûr que t'as le droit.

Elle renifle et disparaît dans la salle de douche. Élise pianote sur le clavier, et une nouvelle séquence se lance.

22:49:07 : La porte s'ouvre sur Bleiz. Il sort, le visage fermé, talonné par un jeune type que je ne me souviens pas avoir vu entrer. Ils grimpent dans sa voiture. La bagnole démarre et sort du champ.

— C'est qui, lui ?

Élise hausse les épaules.

— Aucune idée.

22 : 54 : 14 : Karim et la fille en robe brillante, Fix, sortent à leur tour. Ils repartent comme ils sont venus, à pied.

Les cheveux mouillés, le visage rouge, Solveig nous rejoint et se plante au coin du clic-clac.

23 : 11 : 32 : La sortie de service déverse un paquet de gens dans la cour. Corynthe ouvre la marche, une main sur la joue. Scarab et son pote Bloke suivent, ils regardent leurs pompes… Ils échangent quelques mots, puis Bloke grimpe dans le 4 × 4. Scarab se place au volant de la petite voiture, Corynthe s'installe sur le siège passager. Dans un éclat de phares, tout ce petit monde se barre en laissant un grand vide.

— Où est-ce qu'ils vont ?

Le filet de sa voix est ténu, c'est celui d'une fillette qui a peur.

— Je ne sais pas. On va regarder la suite.

Mais on ne le fait pas, parce que la trappe au sol s'ouvre brusquement. Élise rabat d'un geste sec l'écran de son portable. Enveloppée par la fumée des cigarettes qu'on fume à la chaîne, la tête de Justin émerge du plancher. Je ne sais pas si c'est mon pote ou le commandant de police qui pointe le bout de son nez. Mais vu qu'on ne s'est pas adressé une parole aimable depuis des années, je penche pour la seconde option.

Il a sa gueule des mauvais jours, celle qu'il trimballe depuis un bon moment, celle qu'il efface en rentrant chez lui. Je lui reconnais ça, à Justin, c'est le genre de flics qui laisse ses dossiers sur le pas de la porte. Il a toujours préservé sa famille. On ne peut pas être mauvais tout le temps. Il balaie le studio du regard, s'arrête sur mon visage, sur celui d'Élise, en acquiesçant doucement. Puis il aperçoit la petite derrière nous.

— Solveig ?

Bien évidemment, ils se connaissent. Justin a épousé la sœur de Corynthe, après tout. Elle ne répond pas, repliée au fond d'elle-même dans un endroit qui n'appartient qu'à elle. Je lui touche l'épaule. Elle s'extirpe doucement du fin fond de l'abîme, comme on s'arrache péniblement d'un sommeil lourd, et regarde Justin sans le voir.

La table de bois patinée par le temps porte les marques de ses années de service. Des brûlures de cigarettes forment une constellation inconnue d'étoiles noires de tailles inégales qui se disputent la surface avec de petits fragments de cercles clairs, témoins lointains d'une gnôle assez brutale pour décaper la peinture d'une bagnole. Par endroits, des bracelets de montre, des bagues, des pointes de canif ont laissé des cicatrices peu profondes mais bien visibles sous la lumière douce et rasante en provenance du bar. *R1 M KT*, *Mort aux vaches*, *Stade rennais über Alles*, *En Marche ou Krève*, *BZH*, autant d'inscriptions maladroites gravées dans le chêne qu'aucun archéologue ne trouvera dans mille ans pour s'interroger sur le sens profond de ces évocations étranges.

Sur leur soucoupe, quatre tasses de café refroidissent dans le silence autour d'un cendrier de bakélite bleu supportant les armoiries d'une marque de bière populaire. Devant chaque tasse, un être humain pèse sa nuit et les mots qu'il va dire. Solveig est plongée dans l'étude minutieuse des bouteilles alignées au-dessus du zinc. Marv est assise sur une chaise haute, elle nous surplombe tous, arbitre impassible garant de la neutralité des lieux. En face de moi, Justin vapote nerveusement et recrache d'épais nuages de vapeur blanche et parfumée. À cause de la fatigue, du froid, de mes nerfs passés au tampon Jex, j'ai renoncé aux roulées et je déchire le plastique d'un paquet de Camel piqué derrière la caisse. J'arrache le papier, le roule en boule et le pose sur le rebord de la soucoupe devant moi. Puis, lentement, j'allume ma clope en toisant celui qui a été mon pote. Et quel pote. Un pote qui m'a demandé, il y a des années, de quitter la ville, de ne jamais revenir, qui m'a presque foutu dehors à coups de pied quand je suis venu à l'enterrement du vieux, un pote qui m'a fait arrêter le jour où je suis sorti du trou. J'ai envie de lui mettre le nez dans sa merde, de lui présenter l'ardoise de ses années de compromission. Mais Élise s'en est déjà chargée. Avant de descendre du studio, elle nous a prévenus : je reste pas dans la même pièce que ce connard. Arrivée en bas des marches, elle lui a jeté un regard mauvais, l'a salué d'un majeur bien raide et s'est barrée sans rien dire. Ses yeux à lui ont fait un rapide aller-retour de moi à Élise, d'Élise à moi. Il y a un truc entre eux, et c'est quelque chose d'assez moche pour que ça provoque chez elle une rage sourde, hargneuse et tenace. Et lui, mon pote, il était aussi à l'aise que s'il avait eu le cul sur un nid de fourmis rouges. Sa contrition m'aurait arraché un sourire si j'avais pas le cœur et l'âme retournés par les fantômes qui viennent de surgir du passé en hurlant. On s'est assis sans rien dire, et Marv nous a servi des cafés. C'est elle qui parle la première.

— Elle a son caractère, ta copine, Des.

— C'est pas ma… Ouais, elle a son caractère. T'as un don pour te faire des potes, Justin. Vous étiez collègues, non ?

Il dodeline du chef.

— Il y a longtemps. Elle s'est fait saquer. Elle pense que c'est à cause de moi. Elle est complètement parano.

— Je suis curieux de connaître sa version de l'histoire.

— Tu lui demanderas. Et quand elle déversera ses saloperies, parce qu'elle le fera, souviens-toi juste qu'elle se cachetonne la gueule depuis des années et qu'elle a déjà fait un séjour à la Survivance.

La clinique de la Survivance, c'est le complexe dédié à la santé mentale de la ville. Un enchevêtrement de vieilles bâtisses effrayantes accrochées aux faubourgs de

Morclose, une boursouflure de l'histoire où on cloître nos fous, et tous ceux qu'on juge inadaptés mais qu'on ne peut pas coller en prison. J'ai entendu dire que, depuis cette histoire de virus couronné et d'enfermement général, ils jouaient à guichets fermés. Je ne sais pas ce que ça vaut, comme information, alors je la note dans un coin de ma tête.

— Vous avez merdé, Justin. Toi et ta clique, vous vous êtes fait balader, et vous avez plongé.

— Desmund…

— Ta gueule. Vous êtes pires que des clébards. Un connard vous a balancé un os, et vous avez couru après comme des enragés, sans chercher plus loin que le bout de votre truffe bouchée. Richard Merle est innocent, ta nièce te confirmera qu'elle était avec lui quand Léo Cap s'est fait refroidir. Mais vous en avez rien à battre, hein ? Une affaire vite bouclée, ça n'a pas de prix. Au mieux, vous êtes des abrutis d'être tombés dans le panneau. Mais pour ce que j'en sais, vous pourriez aussi bien être de mèche avec ceux qui lui ont fait porter les cornes. Ça serait pas la première fois que tu embrouilles les cartes, pas vrai, mon pote ?

— Desmund…

— T'as rien à dire. Je ne sais pas ce que vous avez branlé, ni pourquoi. Tu touches peut-être des enveloppes, ou t'as fait une connerie et ces types te tiennent d'une manière ou d'une autre. J'en ai rien à foutre. Tu sais ce que tu vas faire ? Tu vas prendre la déposition de la petite, tu vas appeler le juge de permanence, et demain matin, Solveig et moi, on ira attendre Richard devant la prison. On lui offrira un petit déjeuner princier, et je t'enverrai la facture. Tout ce que je veux entendre sortir de ta bouche, c'est « d'accord ».

Un ouragan traverse ses prunelles brunes, les interprètes de l'âme, les grottes de l'enfer. Ce que j'y lis ne me plaît pas, parce que c'est dur, triste, et un peu sale. Je sens bien qu'il a envie de me voler dans les plumes, qu'enfin, lui et moi, on en vienne aux mains, comme deux vieux copains qui vident une querelle avant de se rabibocher. Mais ça n'arrivera pas, on a sans doute passé l'âge pour ça, et Marv nous laissera pas faire, en tout cas pas chez elle.

Lui et moi, c'est compliqué, on est de la même génération, et si on vient pas du même milieu, on a quand même été dressés pareil, sur le modèle d'une virilité compétitive, à toujours essayer de pisser plus haut que le mec d'à côté. La différence entre nous, c'est que lui, il est entré dans l'administration, avec ses hiérarchies à plusieurs couches, ses organigrammes pyramidaux, ses strates de responsabilités multiples. Il pourra aller aussi loin qu'il veut, il y aura toujours un chef au-dessus de lui, quelqu'un qui grimpera une ou deux marches plus haut pour balancer son jet d'urine et l'éclabousser. Et ça me donne l'impression que sa boussole morale n'arrive plus à trouver le nord. Moi, quand on m'a fermé la porte, je suis devenu personne. Pas de patron, de n + x, pas de subalterne, ni de sous-fifre, pas d'autorité fonctionnelle pour encadrer mon foutu caractère. Je ne suis pas au-dessus ni au-dessous de qui que ce soit. Je suis sur mon chemin, et je pisse où j'ai envie. Et ce soir, c'est sur ses pompes. Il pose sa vapoteuse dans un coin, attrape mon paquet et y pioche une cigarette. Il l'allume en tirant dessus rageusement. Une bonne minute se passe avant que la crispation de ses traits s'affaiblisse.

— D'accord. T'es content ? Je vais entendre Solveig, ou plutôt, un collègue le fera, dès que j'aurai prévenu sa mère. Elle est chez toi ?

Elle sort de sa torpeur, nous regarde tous, l'air absent. Elle aussi, elle bouillonne. Une veine pulse, bleue, contre sa tempe.

— J'en sais rien, et je m'en fous. Elle peut bien dire ce qu'elle veut, ça m'empêchera pas de raconter mon histoire.

Doucement, je pousse sa cuisse avec mon genou pour qu'elle joue son rôle. On s'est mis d'accord avant de descendre. Pas de détails sur cette nuit, sur sa séquestration, juste sauver le cul de Richard, tant qu'on n'en sait pas plus. Justin est beaucoup de choses, mais même si j'aime lui répéter que c'est le cas, il est loin d'être con.

— Et pourquoi elle voudrait t'en empêcher, Solveig ?

Elle me jette un coup d'œil et hausse les épaules.

— Laisse tomber. J'étais chez Richard hier. Je suis arrivée en fin d'après-midi, on est restés ensemble. J'ai dormi là-bas.

— Il a été là tout le temps ?

Elle lui répond avec morgue :

— J'ai pas baisé toute seule.

Tonton Justin pique un phare. Il regarde la clope entre ses doigts, surpris, et l'écrase dans le cendrier.

— Peut-être que ça changera quelque chose.

Je secoue la tête.

— Un peu que ça changera quelque chose.

— Tu crois qu'on s'est plantés, Des ? Tu crois que je sais pas depuis le début que cette affaire pue la combine, qu'il y a plein de trous dans ce dossier ?

— Tu fais vachement bien semblant.

Il soupire, se tourne vers Marv.

— T'aurais pas un truc plus fort ?

Marv se laisse glisser de son siège et va derrière le zinc. Elle revient armée d'un cruchon recouvert d'osier tressé et de quatre petits verres en pyrex, des répliques de ceux qui garnissaient les tables de cantine quand on était gamins.

— Le lambig de mon beauf. Va pas le balancer à tes copains cruchots.

Justin ne répond pas. Il verse le liquide ambré jusqu'au bord, le boit d'un trait et remplit à nouveau son verre. Puis, sans regarder personne, il murmure :

— Pourquoi tu crois que je t'ai fait embarquer ce matin ?

— Parce que t'es un sacré connard rancunier. Parce que tu t'emmerdes dans ton bureau. Parce que t'as honte d'être mon pote.

— J'ai pas les mains libres. Je ne les ai jamais vraiment. Mais sur cette histoire, je suis marqué à la culotte. Tout le monde veut que Merle plonge. Des types au-dessus de moi, ce genre de cadors qui font la pluie et le beau temps.

Je regarde mon verre, vide. J'essaie de voir le chiffre inscrit au fond, mais l'angle n'est pas bon.

— On a grandi ici, Justin, à regarder les pierres pousser sous des déluges de flotte. La météo, tu devrais t'en foutre.

— Toi, tu t'en fous, tu t'en es toujours foutu. Et regarde où ça t'a mené. Tu vis seul dans une piaule minable, tu dors sur un matelas par terre, t'as jamais été foutu de te trouver un boulot correct, bon dieu, quand on avait vingt berges, c'était marrant, mais à ton âge, c'est pathétique.

— Je sais. Je devrais m'occuper de mon assurance-vie, de mes verres progressifs et de mon cholestérol, me mettre au jardinage ou m'installer sur une péniche et peindre les bords de la Vilaine. C'est ce que font les quadras qui s'emmerdent. Vous commencez à me faire chier, tous, à me dire que je suis plus tout jeune et que je devrais me mettre au vert. Peut-être bien que j'y suis allé, au vert, et peut-être bien que j'ai pas aimé ça. Peut-être aussi que je voudrais juste qu'on me foute la paix et qu'apparemment c'est trop demander. J'ai pas cherché à me retrouver mêlé aux histoires du Grec, mais c'est arrivé. Et t'allais m'expliquer pourquoi une escorte de bourrins est venue me cueillir devant la prison.

— Parce que toi, justement, tu t'en fous. J'avais l'impression de compter les points dans une partie truquée. Je savais que si je te mettais dans le coup, tu remuerais la merde.

L'enculé. Il me connaît si bien que ça, Justin ? Au point de savoir d'avance qu'il peut m'utiliser juste en agitant un chiffon rouge devant ma tête de con ? Je contiens une bouffée de rage honteuse et de dépit.

— Comment tu pouvais en être aussi sûr ?

— Parce que je te connais. Et que tu connais Richard.

— Le fait qu'un mec m'appelle ne veut pas dire qu'on est spécialement potes.

— C'est vrai. Mais les messages qu'il t'a laissés en disent long sur vous deux.

— Quels messages ?

Il sort un téléphone portable de la poche intérieure de son manteau, un manteau noir, un peu comme le mien, mais mieux taillé, bien plus récent et, surtout, en bien meilleur état.

— Personne ne les a écoutés, à part moi. C'est pas rentré en procédure. J'ai récupéré ton appareil dans les scellés. Tu trouveras ce que tu cherches dans les messages archivés.

Il me le tend. C'est un vieux bigo rayé et cabossé, presque aussi esquinté que moi. La vitre est fêlée en plusieurs endroits, la coque un peu tordue, mais je le reconnais. C'est mon téléphone, celui que j'avais avant d'aller au trou. Je refoule l'envie d'écouter ça tout de suite dans un coin où ça ne me démange pas trop.

— Si je comprends bien ce que tu es en train de me dire, tu m'as mis dans le bain pour que je fasse ton sale boulot à ta place ? Parce que tes couilles ou ta dignité, appelle ça comme tu veux, sont aux abonnés absents ? Tu pouvais pas me parler, tout simplement, au lieu de te servir de moi comme d'un abruti de clébard ?

— J'aurais pu, peut-être. Mais tu n'écoutes jamais rien. Et je te l'ai dit, je n'ai pas les mains libres.

— T'es un détraqué, Justin, et tu me donnes envie de gerber. On m'a assommé, laissé pour mort dans un grenier en feu, j'ai vu une fille avec une bite, on m'a roué de coups, menacé, tout ça parce que monsieur le commandant a peur pour sa carrière.

— Ça va plus loin que ma carrière, Des. Ça n'est pas moi, le problème.

— Le problème est systémique. Tu sers le système, avec un zèle coupable, d'ailleurs. Tu fais partie du problème. À quel moment c'est devenu normal que tout soit tellement emmêlé, la justice et la magouille, le maintien de l'ordre et le bordel ? C'est pour ça que t'as fait flic ? Pour être le larbin de voyous en costard ?

Un nouveau silence s'installe. J'aimerais bien que quelqu'un d'autre dise quelque chose, mais Solveig est loin de nous, quelque part entre la lune et la vallée de l'enfer, et Marv se gardera bien d'intervenir. Ça se passe entre lui et moi.

Il va peut-être répondre. On ne le saura jamais. Son téléphone portable vibre sur la table. Il fait glisser son pouce sur l'écran et porte l'appareil à son oreille. Je n'entends pas ce qu'on lui dit, seulement ses mots à lui, aucune phrase, que des monosyllabes lâchées à l'économie. Oui. Merde. Quand. Et il ponctue avec une longue réplique : J'arrive.

Il ramasse son téléphone, sa vapoteuse, vide son verre et le pose avec une infinie lenteur à côté de son café.

— Richard Merle est mort. Il s'est pendu dans sa cellule il y a une heure.

Ça commence comme le son d'une sirène lointaine, étouffé par la distance, ininterrompu et sourd. Petit à petit, ça monte dans la gamme, ça change de tonalité, ça se rapproche et se transforme en une plainte suraiguë, presque animale. Je suis sonné, et je mets quelques secondes, qui me paraissent des heures, à réaliser que ça vient de la petite. Son joli visage est déformé par une douleur infinie, d'une pureté qu'on ne connaît qu'à la première jeunesse. Elle se lève brusquement, porte les deux mains devant sa bouche qui se tortille malgré elle. Blême, elle s'approche de Justin et le gifle à deux reprises, aussi fort qu'elle peut. Ça lui laisse deux marques cuisantes sur les joues. Il ne bronche pas. Avec un effort qui lui coûte ses dernières cartouches, elle articule péniblement :

— Les salauds… Les salauds…

Puis un sanglot lui coupe le sifflet, et elle s'effondre sur la banquette, roulée en boule sous le regard de trois adultes impuissants à calmer le flot de gémissements, de plaintes et la longue lamentation qui les suit.

Justin touche le coin de sa lèvre tuméfié et y cueille une perle rouge. Il s'approche doucement de Solveig.

— Je suis désolé, Solveig. Je vais aller voir ce qui s'est passé, et je te promets que je vais le découvrir. Mais avant, je vais te ramener chez toi.

Elle ne dit rien, elle hoquette et cherche son souffle. Je prends le cruchon sur la table, remplis mon verre et le vide. La gnôle devrait me brûler le bide, mais je la sens à peine passer. J'en bois un deuxième, puis un troisième. Mais ça ne m'étourdit pas. Au contraire, je sens le brouillard se dissiper dans mon crâne et tout, absolument tout, devient limpide, tellement clair que ça me fait peur.

Marv ne dit rien, elle pose ses yeux rouges et gonflés où elle peut. Elle me regarde, finalement, et ses lèvres murmurent :

— C'est dégueulasse. C'est dégueulasse.

J'ai envie de lui dire que je sais, qu'on n'y peut rien, que ça ira. Mais ça n'ira pas. Alors je prends une autre rasade de lambig et, quand je l'ai terminée, je vois, dans le fond du verre, mon numéro. C'est le mauvais. Toujours.

À genoux, Justin murmure à l'oreille de la gosse. Entre deux spasmes, elle le repousse, laisse-moi, elle lui dit. Et lui se fait plus doux, plus feutré, revient vers elle. Je me lève et, sans le prévenir, j'empoigne le col de son manteau et le tire vers l'arrière, assez fort pour qu'il tombe sur le cul. J'ai envie de le cogner. Et à ce que je lis dans ses yeux, je crois que ça ne le dérangerait pas trop. Mais Marv est déjà entre nous, ses bras serrés autour de moi pour me retenir. Je pourrais la dégager sans problème, détacher ses bras solides et l'envoyer valser à l'autre bout de la pièce. Mais c'est Marv, alors je me laisse faire.

— Calmez-vous, tous les deux. Un peu de décence, putain. Un gosse est mort. Tu devrais partir, Justin.

Il se redresse, lisse les pans de son manteau.

— J'y vais. Je ramène Solveig chez elle.

— Même pas en rêve.

— Elle est mineure, Des. Tu veux ajouter une plainte pour enlèvement à ton palmarès ?

— Ça me ferait mal. Il est hors de question que je la laisse seule avec toi.

— Pour qui tu me prends, putain ?

— Pour un enculé qu'a envoyé un môme à l'abattoir. On sait tous les deux qu'il ne s'est pas pendu tout seul.

Avoue, ça arrange bien vos affaires. Tu sais quoi, Justin ? La taule, j'en sors, j'y connais encore un peu de monde. Je vais trouver qui est le fils de pute qui est passé dans la cellule de Richard, et je vais m'occuper de lui. Parce qu'on ne peut pas compter sur vous pour faire le boulot.

— Si tu fourres ton nez là-dedans…

— Tu vas faire quoi ? Me foutre en garde à vue ? Encore ? T'aurais peut-être dû réfléchir avant de me balancer dans ton merdier. Tant que tu ne seras pas garant de ta conscience et de tes actes, ne me demande pas de l'être des miens. Si on ne peut pas attendre de toi que tu fasses ton boulot, rechercher la vérité, tu te souviens ? Si t'es pas foutu de faire ça quelle que soit la situation, et particulièrement quand t'as « les mains liées », je m'autorise à suivre mon cap, même, et surtout, s'il te déplaît. Tu m'as montré dix fois qu'on ne peut pas te faire confiance. Tu dis que tu m'as mis sur le coup mais, pour moi, t'es complice de l'entôlage de Richard, et si t'avais eu ne serait-ce qu'une once de morale, ou même juste d'humanité, il serait chez lui au lieu d'être mort en prison. Alors je ne sais pas ce que tu as derrière la tête, mais tu ne touches pas à un cheveu de Solveig. Je la ramènerai chez elle. Maintenant, barre-toi avant que je te déchausse les dents.

Il ne dit rien, il soutient mon regard, bien droit, un peu plus haut que moi. Il sait que je pourrais le dérouiller, mais il n'a pas peur. C'est un truc qui m'a toujours énervé et fasciné chez lui, il n'a pas peur. Quand on était plus jeunes, il y a une éternité, on s'est pris le bec un soir avec une demi-douzaine de types. Ils nous ont acculés dans une petite cour dont ils nous bloquaient la sortie. Sans un mot, lui et moi on est allés d'instinct se coller dans un coin, histoire d'avoir deux murs derrière nous et les autres bien en face plutôt qu'en train de nous encercler. On a quand même pris une branlée, mais on a rendu des coups, et les gars en ont été pour leurs frais. À aucun moment Justin n'a tremblé. Il n'a jamais peur. Ou il ne le montre pas, ce qui revient plus ou moins au même. Il hausse les épaules.

— Solveig, c'est toi qui choisis.

Elle s'est redressée. Une des vertus de la violence, c'est que ça canalise l'attention de tout le monde. Elle essuie son nez dans sa manche, prend une longue inspiration, souffle, se lève et se place à côté de moi.

— Je reste avec lui.

Justin baisse les yeux. C'est terrible, le regard d'une enfant en colère. Il aimerait dire quelque chose, mais il ne trouve pas les mots. La démarche un peu raide, il se dirige vers la porte.

— Merci, Marv. Désolé pour tout ça.

— Y a pas de mal, Justin.

Et il sort dans la nuit, emportant un peu de fumée, beaucoup de rancœur et sa conscience tourmentée.

— Tu veux vraiment me ramener chez moi ?

Solveig parle presque normalement. Sa voix est brisée, son cœur aussi, mais elle s'en sort pas mal.

— Oui. T'as quel âge au juste ?

— Bientôt seize ans.

— Bien sûr… Je vais t'accompagner chez toi. Je crois qu'il faut que je parle avec ta mère aussi. Ça risque de ne pas très bien se passer.

— Tu vas lui faire quoi ?

Elle pose la question sans crainte ni appréhension, comme si c'était une simple donnée. Quelle idée elle se fait de moi, cette gosse, qu'est-ce qu'elle croit que je vais bien pouvoir faire à sa mère ? J'en sais rien moi-même. C'est Corynthe.

— Je ne vais rien lui faire, Solveig. Je vais lui parler. Je crois. C'est où, chez toi ?

— Vers Jeanne Dark, pas loin de l'église. Rue…

— Je connais l'adresse.

Corynthe est retournée chez son père. Il est peut-être mort, depuis le temps. Mais j'aurais jamais cru qu'elle irait s'installer dans cette baraque de malheur. Je m'approche de Marv, attrape une mèche de ses cheveux et la glisse derrière son oreille.

— Tu dois regretter de m'avoir accueilli, Marv.

Elle grimace un sourire un peu forcé.

— Jamais. T'es chez toi, ici.

Je me dis, encore une fois, que c'est dommage que ça

n'ait jamais collé entre nous. Elle a ce rare mélange de force et de tendresse inépuisable qui en font un des plus beaux êtres vivants que je connaisse. Et elle comprend toujours, sans jamais juger. Ni moi, ni Justin, ni personne.

— Je peux utiliser ton téléphone ? Faut que j'appelle un taxi.

— Il est derrière, à côté de la chaîne. Tu trouveras les numéros dans le répertoire, à la lettre T.

Dix minutes plus tard, Solveig et moi sortons dans l'air poisseux de la nuit. La chaleur sèche de la journée a cédé la place à une touffeur moite. C'est toujours étouffant, et encore plus lourd. Un monospace anthracite piloté par un vieux Marocain élégant nous attend au coin de la rue. Je donne l'adresse au chauffeur en m'installant, et il démarre en silence. La bagnole sillonne les rues vides de la ville. Çà et là, quelques pauvres hères titubent sur les trottoirs. Un Indien rabougri vomit contre une poubelle. Une fille aux cheveux défaits marche pieds nus, une chaussure à la main, la jupe de travers. Un clodo dort au pied d'un arbre enchevêtré dans ses six clébards, une cannette de 8.6 à la main. Un petit-bourgeois en polo Lacaste© slalome au milieu de ce petit monde. À côté de l'école dentaire, une poignée de mecs en gilet réfléchissant invectivent des flics qui attendent devant leur fourgon. Ils scandent des « suicidez-vous ! » auxquels les autres ne prêtent même plus attention. Une soirée ordinaire à Morclose.

C'est pas tout à fait vrai. Il y a toujours eu ici des heurts entre la population et sa police. Des manifs d'étudiants, de marins pêcheurs, de chômeurs. Pendant quelques années, ça a même été le rituel du jeudi soir, un peu comme une soupape. Des bandes de travellers qui voulaient juste s'arracher la gueule en écoutant de la musique très fort foutaient le bordel pour protester contre les interdictions de la préfecture et finissaient invariablement par se castagner avec les forces de l'ordre. Aujourd'hui, les mecs qui sont dans la rue sont d'un autre genre. Ils ruent devant l'abattoir. C'est le désespoir qui les pousse.

On ne dit rien l'un et l'autre, repliés sur nous-mêmes, à digérer nos catastrophes. Et puis on finit par arriver dans cette rue où j'ai passé mon enfance. Elle n'a pas beaucoup changé, sauf qu'ils ont fini par les raser, ces deux foutues baraques, la nôtre et celle de Plabennec. À la place, ils ont aménagé un petit square fleuri, avec un toboggan, une fontaine et un cerisier japonais. Les bandes de pelouse sont enserrées dans de petites barrières de grillage vert. On regarde, mais on ne touche pas. Ils ont quand même posé deux bancs, pour que les parents puissent s'y asseoir en regardant leurs mômes s'esquinter les fonds de culotte les après-midi de printemps.

Je règle la course en puisant les derniers billets dans mon enveloppe. On descend devant la grande maison triste du docteur Moreau. Aucune lumière ne point aux fenêtres qui parsèment la façade. Solveig ouvre le portail et se dirige sur le côté de la maison.

— La voiture de ma mère n'est pas là.

Je la suis sur le perron où elle sort ses clefs et ouvre une porte de bois massif. Nous entrons dans un large vestibule garni du même meuble qu'il y a vingt, non trente-cinq ans, une commode surmontée d'un miroir et prolongée d'une longue rangée de patères cuivrées. Sur la droite, le hall se poursuit en un couloir longiligne où plusieurs portes se découpent. En face de nous, de larges marches de chêne massif mènent au premier. Avant d'emprunter les escaliers, Solveig m'indique d'un geste vague ce que je me souviens être « la salle d'attente », qui jouxte le cabinet de consultation, avant la salle à manger attenante à la cuisine. Chez nous, tout ça tenait dans une seule pièce, aux dimensions inférieures à celles de l'antichambre.

La salle d'attente est devenue un petit salon. C'est une pièce agréable, des tableaux aux couleurs vives pétillent sur les murs blancs, lambrissés sur un peu plus d'un mètre. Une table basse en ébène posée sur un épais tapis bleu attend sagement devant un prodigieux canapé de cuir et deux fauteuils assortis. Dans un coin, j'avise un énorme globe terrestre sur pied, dans un style colonial. Ça me prend un petit moment pour trouver le mécanisme et l'ouvrir en deux, sur un bar généreusement approvisionné. Au milieu d'alcools plutôt chers et prétentieux, je finis par trouver une bouteille de calva hors d'âge. J'attrape un godet sur le côté, quelque part en dessous du pays de Galles. Puis je marche sur le tapis, où je ne m'enfonce pas tout à fait jusqu'aux chevilles, avant d'aller m'installer dans un fauteuil avec le fruit de mes trouvailles.

Au moment où je me rends compte qu'il n'y a aucun cendrier à portée de main, Solveig me rejoint.

— On ne fume pas, ici, normalement.

— Ça te dérange ?

— Non.

— À ton avis, où pourrait être ta mère ?

Elle fait quelques pas, ouvre le tiroir d'une grosse armoire en bois de manguier. Elle fouille dedans pendant une petite minute, que je mets à profit pour jeter ma cendre dans un pot de fleurs. Elle finit par refermer le tiroir et par s'asseoir en face de moi, sur le canapé. Se vautrer serait un terme plus exact.

— Elle est à Cancale. La clef n'est pas là.

— Depuis combien de temps tu sais ?

La jeune fille tourne vers moi ses yeux que fatigue et chagrin ont cerclés de noir, de rouge, de bleu. Une foule de réponses et de questions doit se bousculer dans sa tête. Elle soutient mon regard un long moment, assez pour que je me dise qu'elle est en train d'assimiler beaucoup trop d'informations d'un coup. Elle se détourne, finalement, et s'allonge de tout son long.

— J'ai besoin de dormir.

Et elle s'assoupit, instantanément, comme on éteint la lumière. Son souffle se fait plus lourd et plus lent en même temps que son corps se relâche. J'attrape un genre de plaid accroché à une lampe sur pied et la recouvre. Elle dort.

Je retourne m'asseoir, me sers un autre verre de gnôle, allume une autre cigarette. Avec mille précautions, je sors de ma poche le téléphone que m'a rendu Justin.

Messages à Peter Punk

Boîte vocale, message archivé n° 6

À la fin du mois de février, sur le chantier, la Maho et Bleiz ont filé leurs enveloppes, comme d'habitude. Le soir même, je suis allé récupérer mon enregistrement, et tout s'est emboîté. La veille, une équipe de voyous s'était retrouvée là, avec des sacs bien remplis. La Maho aussi s'était pointée, avec ce politicard qui venait inaugurer les chantiers, Caprian.

Ils étaient restés là-dedans un peu moins d'une heure, et étaient ressortis au compte-gouttes. Caprian était sorti en même temps que la Maho et ce gros con de Bleiz. Caprian portait une mallette. La Maho portait une sacoche. J'ai vérifié, elle ne l'avait pas en entrant.

Après, ça a été le confinement. Il ne s'est plus rien passé. Ils ont organisé quelques soirées clandestines. Et puis à la fin du mois de mars, mêmes acteurs, même manège. Des sacs pleins en entrant, vides à la sortie. Cette fois, un autre type accompagnait le gros Black. Un autre Noir, avec de petites tresses sur le crâne.

Et ça a été la même chose à la fin du mois d'avril. Et au mois de mai.

Boîte vocale, message archivé n° 7

Je te fais pas un dessin. Ils entrent chargés de pognon, du pognon sale, et ils viennent pour le ventiler. Comment ils font leur tambouille en interne, j'en sais rien. J'imagine qu'il y a une combine avec des participations dans des boîtes fantômes, avec des comptes offshore. Rien que d'y penser, j'ai mal à la tête.

Et puis le mois de juin est arrivé. Les bistrots ont rouvert, le Pays des Merveilles aussi. L'activité est repartie de plus belle. Je savais qu'un nouvel échange aurait lieu bientôt. Je me demandais quoi faire de tout ça, et il fallait que j'en parle à quelqu'un. J'ai d'abord pensé à toi. J'avais appris ce qui t'était arrivé dans le journal, je ne savais pas trop où te trouver, mais en fait, t'es assez connu en ville. On m'a orienté vers le New rose. Là-bas, une dame très gentille m'a dit que tu devrais pas tarder à sortir. Elle m'a même filé ton numéro de téléphone. Mais tu ne répondais pas, et pour cause. Alors je te laisse tous ces messages. Tu finiras bien par sortir et mettre la main dessus.

Je t'ai parlé de Solveig. La Maho, c'est la mère de Solveig. Hier, je lui ai tout dit. Ça l'a foutue en rogne, et elle a rien trouvé de mieux à faire que d'envoyer toute l'histoire à la gueule de sa mère.

Ça s'est pas bien passé, t'imagines. Elle est revenue chez moi, elle ne veut plus retourner chez sa daronne. Mais je crois qu'elle n'a pas idée de ce dont sont capables ces gens. Elle ne voit que des histoires de pognon, rien de bien méchant. Mais on parle de truands, là, de prostitution, probablement de trafic de stups. Martin a disparu sans jamais refaire surface. Mon nom a dû sortir quand elle s'est engueulée avec sa mère. Je les attends, je n'ai pas peur. Mais au cas où je disparaîtrais, comme Martin, je voulais te raconter mon histoire. Solveig dort. Tout à l'heure, quand elle sera partie, j'irai peut-être chez les flics. Je ne sais pas quoi faire d'autre. Réponds-moi.

Fin des messages.

16

Rumble

.. ~
.. ~
.. ~
.. ~

Rumble, LINK WRAY

Je laisse tomber l'appareil sur le tapis. Ce que je viens d'entendre ne m'a pas appris grand-chose que je n'avais pas déjà compris, mais ça a achevé de me briser le cœur. L'alcool dans mon verre a pris un goût de pisse, et le mégot éteint au bout de mes doigts me laisse indifférent. J'ai envie de sortir à l'air libre, de hurler à m'en péter les mâchoires, d'arracher ses paupières hypocrites à la ville endormie. La petite, devant moi, dort d'un sommeil lourd et, je l'espère pour elle, sans rêves. Elle s'est bien foutue de notre gueule. Elle savait tout, presque tout, et elle n'a rien dit. Et en même temps, est-ce que ça aurait changé quoi que ce soit si elle nous avait confié ça ?

Je retourne ces questions dans ma tête un bon moment, et je finis par admettre que non, ça n'aurait pas changé grand-chose. Richard se faisait pendre dans sa cellule quand on a tiré Solveig du Pays des Merveilles.

À travers le double vitrage, j'entends le bruit étouffé d'une voiture qui passe lentement dans la rue, sans s'arrêter. Je me lève, un peu pour me dégourdir les jambes, et aussi parce que la faim commence à me tirailler le bide. Je trouve mon chemin jusqu'à la cuisine. C'est une pièce de catalogue, rustico-chic, avec sa vieille table massive, ses chaises en paille, des étagères noueuses garnies de corbeilles en osier et de petits pots de métal aux motifs Art déco, mais tout de même des plaques à induction et, encastré dans son coffrage de pin teinté pour se donner des airs de chêne, un réfrigérateur américain aux dimensions épiques. J'y trouve du poulet froid et un plateau de fromages assez fourni. Je renonce à chercher du pain, et je grignote debout, au-dessus du plan de travail, en regardant à travers la baie vitrée le jardin au milieu duquel trône une foutue petite cabane. Elle a été repeinte et retapée, mais c'est la même. Corynthe, comment tu peux te faire ça à toi-même ?

Je ne les entends pas entrer. Dans une belle maison bien entretenue, les portes ne grincent pas. Je ne vois pas non plus de reflet sur la fenêtre qui m'alerte. Je ne sens pas, mû par une intuition suprême, un regard pointé sur ma nuque. Je me rends compte de ce qui se passe quand deux bras énormes, noirs, musculeux m'enveloppent. Un radius écrase ma glotte. Dans quelques secondes, je vais tomber dans les pommes. Et pourtant, je suis calme. Mes doigts se referment sur le couteau à fromage, et je frappe derrière moi en laissant tomber ma main, au jugé. Ça ne s'enfonce pas vraiment comme dans du beurre, mais la lame pénètre dans quelque chose et se casse à l'intérieur. Un hoquet sourd me chauffe les oreilles. Sous l'effet de la surprise, et de la douleur, celui qui me tenait relâche un tout petit peu sa prise. Je décolle mes deux pieds du sol, prends appui sur le lave-vaisselle et pousse de toutes mes forces, en donnant un grand coup de tête vers l'arrière. Le bonhomme recule, ses jambes heurtent un tabouret et il tombe à la renverse sur la table, en m'entraînant dans sa chute. Je glisse une main sous son poignet et me tourne brusquement en levant l'autre coude, qui trouve sa bouche. Je roule sur le côté pour m'éloigner de ses grosses pattes et me redresse. Bloke secoue son énorme tête. Une vilaine tache rouge s'élargit à vue d'œil sur sa cuisse droite. Il est encore plus gros que dans mon souvenir. À l'autre bout de la pièce, dans l'embrasure de la porte, Scarab nous regarde, les bras ballants. Le colosse avance vers moi. Il a ramené ses deux poings devant lui, une belle garde, propre, fermée, qui ne laissera rien passer. Il est trop près de moi, et l'espace trop exigu ne me permet pas beaucoup de manœuvres. Si on était sur un ring, je n'aurais pas l'ombre d'une chance. Mais ça n'est pas une rencontre sportive. Je jette vers sa tête le manche du couteau. C'est dérisoire, mais j'obtiens l'effet escompté. Il lève les bras pour se protéger. Réflexe reptilien. J'en profite pour lui envoyer un méchant chassé latéral sur l'intérieur du genou.

Dans ma jeunesse, je pouvais placer mes *yoko geri* en pleine tête. Je suis plus aussi souple qu'avant, et j'ai perdu le goût de l'épate. Et puis faut dire, on s'expose trop à savater au-dessus de la ceinture. L'effet de ce genre de coups est dévastateur, et beaucoup plus rapide, à faible hauteur. N'importe qui d'autre aurait eu l'articulation brisée, ou au moins la rotule déboîtée. Mais Bloke est encore debout, sa garde toujours en place. Le fumier. Il avance en gardant les pieds au sol, les fait doucement glisser. Il m'oblige à reculer en me balançant une série de directs. Il cherche à m'acculer contre le mur pour pouvoir m'asséner de grands coups de battoir. Ses bras sont comme deux battes de base-ball. Je suis sûr qu'ils font aussi mal. Chaque fois que je recule, je lui laisse du champ pour prendre l'ampleur qui rendra ses attaques plus puissantes encore. Alors quand il m'envoie un crochet, au lieu de reculer, je plonge dans sa garde. Son poing heurte mon épaule sans me faire vraiment mal. Mon coude s'enfonce juste au-dessous de son plexus. J'abats mon poing fermé sur sa cuisse, en plein sur la déchirure de son pantalon, là où je l'ai planté. Et comme on est vraiment très près l'un de l'autre, je lui mets un coup de boule, bien net, sur l'arête du nez. Ça le sonne quand même un peu. L'erreur serait d'arrêter maintenant, de lui laisser un seul instant de répit. Je le bouscule, lui envoie un direct dans la gorge, du plat de la main, une baffe bien lourde sur l'oreille, une autre sur le nez. Ses bras se balancent autour de lui, mais jusqu'ici ils ne rencontrent que le vide. J'évite un crochet monstrueux en passant sous son bras. Dans le même mouvement, j'agrippe son biceps à deux mains. Mon genou se précipite sur sa blessure, une, deux, trois fois. De ma main gauche, bien à plat, je lui colle une beigne sur l'oreille. Il titube. Je réussis à me glisser derrière lui avant qu'il ne se ressaisisse, et lui mets un coup de pied derrière le genou. Le géant s'affaisse, une de ses mains est sur le sol. Du talon, je lui broie les doigts et envoie ma rotule contre sa nuque. Plusieurs fois, jusqu'à ce qu'il tombe, enfin, et qu'une flaque de pisse sur le sol indique qu'il vient de perdre connaissance.

Je suis plié en deux, je cherche mon souffle qui s'est barré je ne sais où. Je trouve quand même la force de cracher sur la montagne écroulée, et je me retourne.

Scarab n'a pas bougé. Son menton lui tombe à peu près au niveau des genoux. Je ne pense pas qu'il va vouloir y venir mais, dans le doute, j'attrape un rouleau à pâtisserie. Ça peut pas faire de mal. Il lève les mains pour se protéger.

— Attends !

J'attends rien du tout. Je lui colle le rouleau dans le mou du ventre. Ça le plie en deux. J'agrippe ses foutues tresses à pleines mains, lui fourre la gueule sur la surface de la table. Je lui matraque le dos, les bras, les jambes. Pas la tête, parce que je veux qu'il reste conscient. Ses cris de douleur n'apaisent pas ma fureur ni ne l'entretiennent. C'est une donnée dans le tableau, rien d'autre. Quand je me dis qu'il a son compte, je vérifie qu'il n'est pas armé, puis je le lâche et me laisse aller contre le mur. Il se redresse à moitié et s'assied sur une chaise en gémissant.

— Putain… salopard, t'as la rage, ou quoi ?

Je crois bien que je me suis foulé le poignet en lui cognant dessus.

— Qu'est-ce que tu fous là, Scarab ?

— Je prends une branlée, tu vois pas ? Si j'avais su, on serait venus plus nombreux.

— Mais vous êtes que deux, et maintenant, t'es tout seul. Tu t'es bien foutu de ma gueule, hein ?

— C'est pas ce que tu crois.

— Ce gros fils de pute de Bleiz, c'est quoi tes mots, déjà ? Ça me dit rien, mais je peux demander ? Bordel, le mec venait d'essayer de me descendre, et toi, tu m'enfumes.

— C'est le biz, mec. T'es pas mort, et je crois que tu l'as eue, ta revanche sur Bleiz.

— Si on veut. Qu'est-ce que tu fous là ?

— Bleiz m'a appelé, il était enfermé dans le coffre de sa bagnole avec Pedro. Quand il m'a raconté ce qui s'était passé, qu'une furie et un rouquin les avaient foutus là-dedans, je me suis bien douté que c'était toi. Je suis allé le sortir de sa boîte de conserve. On a vu que la môme était plus là. Alors je suis venu voir si elle était rentrée.

— Et tu t'es dit que ça serait pas mal de me bousiller pendant que t'étais là.

Une grimace tord ses traits réguliers.

— Je voulais te parler, mais je ne savais pas trop comment tu serais disposé. On allait juste te mettre en condition.

— C'est réussi, je suis à point.

— Tu veux pas lâcher ton gourdin ?

— Non.

— Comme tu veux, mec. Avoue quand même qu'on serait mieux pour tailler une bavette si tu te détendais un peu. J'ai rien contre toi, Des, et même si les apparences jouent pas en ma faveur, je suis ton pote dans cette histoire. J'ai protégé ton cul en cabane, tu pourrais au moins montrer un peu de gratitude.

Ce soir j'ai compris quelque chose, ou plutôt, je me suis rappelé une vérité fondamentale. Scarab peut être un mec tout ce qu'il y a de plus sympa quand il vous a à la bonne, mais c'est un criminel endurci. Ce qu'il fait, il le fait depuis longtemps. Et on ne tient pas la place qu'il occupe en étant un type sympa. Aucune action, aucune décision, chez lui, n'est gratuite.

— Pourquoi t'as couvert mes arrières, d'ailleurs ?

— J'avais besoin d'un bon sparring…

J'abats le rouleau à pâtisserie sur la table. Ça fait pas mal de boucan, et Scarab sursaute. Il se tasse un peu plus sur sa chaise.

— OK… Je t'ai pris avec moi parce qu'elle me l'a demandé.

— Qui ça ?

— Corynthe Maho. Après l'histoire du Grec, pas mal de types en prison se seraient bien fait un nom en te trouant le bide. Quand t'es sorti de l'hosto et qu'ils t'ont envoyé en cabane, ton espérance de vie, c'était à peu près celle d'un morceau de bidoche dans une fosse à pitbulls. Elle m'a demandé de faire en sorte qu'il t'arrive rien. Le plus simple, c'était encore que je te prenne avec moi. Ça envoyait un message clair à tous les autres détenus. Mais je te jure, mec, que j'ai fini par me prendre de sympathie pour ta tête de con.

Une sorte de vertige me saisit brusquement. Ma bouche est sèche, et mon dos me fait mal.

— Corynthe ? T'as fait ça pour Corynthe ?

— On est en affaires, elle et moi. On se rend des services. Je sais pas qui t'es pour elle, mais elle nous a fait comprendre que t'étais intouchable. Elle doit bien s'en mordre les doigts, maintenant.

— Elle t'a payé ?

— Laisse tomber.

Je fais claquer le rouleau sur le mur, à quelques centimètres de son oreille.

— Elle t'a payé ?

— Non. On a renégocié sa marge.

— Sa marge sur quoi ?

— Sur le lessivage.

Une partie de moi se révolte et refuse d'en entendre plus. Corynthe, je la connais depuis toujours, et elle s'est toujours trouvée du mauvais côté des sales coups, celui des victimes. Comment elle a pu se retrouver à la tête d'une machine à laver le pognon sale pour une bande de crapules pareilles ? Scarab recule sur sa chaise. Je me dis qu'il a peur de ma réaction, et je m'aperçois qu'il regarde derrière moi. Je me retourne et je dois reconnaître que ça non plus, je ne l'ai pas vu venir. Derrière la porte-fenêtre de la cuisine, enveloppé dans son bombers noir, Bleiz me dévisage, l'air mauvais. Il braque un fusil à pompe vers mon ventre. Il fulmine, ses narines s'agitent quand il aspire, comme s'il allait s'enfler, souffler et défoncer la baraque.

Alors que je suis en train de me demander si j'ai le temps de me jeter sous la table ou de me précipiter dans le couloir, je sens quelque chose de dur se poser contre ma nuque.

— Tu vas gentiment lever tes mains bien haut, fils de pute.

Cette fois, j'utilise la vitre et, dans le reflet, je vois derrière moi la silhouette trapue de son acolyte Pedro, un automatique au bout de son bras tendu.

— Fais pas le malin. Et tu lâches ton putain de rouleau.

Je ne dois pas aller assez vite pour lui. Il me crosse méchamment, à l'arcade. L'univers explose en un tourbillon multicolore parsemé de taches blanches, comme des pixels morts sur un écran fatigué. La douleur arrive dans un second temps, brûlante et glacée, d'abord un point minuscule, une tête d'aiguille qui me pique au-dessous du front et qui s'étend à la vitesse d'une flaque d'huile pour gagner chaque recoin de mon corps. Et le sang se met à gicler, abondamment, sur Pedro, sur le carrelage, sur le mur. Mon œil gauche est aveuglé. Je ne sais pas par quel prodige je tiens encore sur mes jambes. Je porte instinctivement une main à mon visage, pour la retirer rouge et poisseuse.

Pendant que je lutte pour ne pas perdre connaissance, Scarab fait le tour de la table en clopinant. Il ouvre la porte-fenêtre, et Bleiz se faufile dans la cuisine, sans cesser un instant de pointer vers moi le canon de son fusil. Quand il aperçoit Bloke affalé sur le carrelage, les bras en croix, ses yeux s'arrondissent et il émet un petit sifflement.

— C'est toi qui l'as mis dans cet état-là ?

Je ne bronche pas. Il colle la gueule de son arme juste sous mon nez.

— Ben putain, heureusement qu'on n'est pas venus à poil, hein ?

Je ne dis rien. Je suis trop occupé à saigner un peu partout. Scarab farfouille sur le plan de travail, trouve un rouleau d'essuie-tout et me le tend. Un vrai pote. Mes mains tremblent, mais j'arrache quelques feuillets, les roule en boule et me tamponne le front. Bleiz ricane.

— Bon… La petite est là ?

Scarab acquiesce.

— Elle pionce dans le salon.

— OK… Tu vas rester avec elle jusqu'à ce que sa mère arrive. Et nous, on va emmener notre copain faire une balade.

— Elle a dit de l'attendre.

— Putain, y a pas à tortiller, on sait très bien ce qu'il faut faire. Ce mec, c'est une purge. Tant qu'il respire, on pourra pas être tranquilles.

Scarab s'est accroupi au-dessus de Bloke. Il nous tourne le dos. Il prend son pouls, palpe le corps du géant, vérifie qu'il respire, et secoue la tête.

— Bordel, Des, tu l'as vraiment amoché. Il va avoir besoin d'un toubib.

Scarab se relève doucement, il palpe ses côtes et son ventre, comme quelqu'un qui aurait mal. Son petit tour est plutôt réussi. Quand il se tourne vers nous, je ne vois la bosse sous son sweat que parce que je la cherche bien. Il pointe un doigt vers Bleiz.

— Tu crois pas que t'en as assez fait ? Tes idées, tu devrais en faire des paquets et les stocker dans une cave fermée à double tour. Elle a dit d'attendre, on attend, point final.

Dans un soupir, Bleiz abaisse doucement son arme.

— OK… C'est complètement con, mais OK. Y a quelque chose à boire dans cette turne ?

— Ouais. Dans le salon.

Il me jette un regard furtif. Je hausse les épaules et nous nous mettons en branle, en convoi, vers le salon. Ce qui vient de se passer illustre bien un autre trait commun à presque tous les criminels. Ils ne se font pas confiance entre eux et, la plupart du temps, ils ont raison. Ceux-là ne dérogent pas à la règle. Mes options ne sont pas folles, mais je dois pouvoir tirer parti de la tension et de la méfiance qu'il y a entre eux. Pour l'instant, j'ai plus urgent à gérer. La petite est dans le salon, et l'idée que trois types armés aux nerfs tendus soient dans la même pièce qu'elle ne m'enchante pas vraiment. Je passe le premier. Elle est allongée sur le dos, et on pourrait croire qu'elle dort encore. Sa respiration est moins profonde que tout à l'heure, son bras gauche pend au-dessus du tapis. Et juste en dessous, mon vieux smartphone dépasse de sous le canapé. J'avance droit sur elle, en me maintenant devant les autres et, du bout du pied, je pousse le téléphone pour le soustraire à leur vue.

— Laisse-la pioncer. Elle se réveillera bien assez tôt.

Bleiz s'approche du globe, se met à fouiller dedans en faisant tinter les bouteilles et finit par en ressortir un litre de martini. Je le méprise un petit peu plus et, sans rien demander à personne, je flanque un peu de calva sur ma compresse de fortune. Ça me brûle et me tire une larme, mais je fais passer ça avec une grande rasade de gnôle.

Puis, dans l'entrée, on entend la porte s'ouvrir. L'air humide et chaud s'engouffre dans l'embrasure et se répand jusqu'ici. Dans l'encadrement se découpe en ombre la silhouette menue d'un fantôme de mon passé. Corynthe. Merde.

— Ah, vous êtes tous là.

Et c'est tout. On ne s'est pas vus depuis plus de quinze ans, son salon est occupé par des types armés, entourant sa gosse comme une crèche de série Z, et elle, tout ce qu'elle trouve à dire, c'est ça, comme si on s'était tous donné rendez-vous pour une belote.

Malgré quelques fils blancs qui parsèment sa chevelure sombre, les années ont épargné son visage poupin, sans âge. On dirait que le temps a décidé d'arrêter sa course et figé ses traits quelque part à la sortie de l'adolescence. Elle porte un chemisier blanc, un peu froissé, et un pantalon de toile grise maintenu par une fine ceinture de cuir. Elle n'a pas de sac, et une de ses mains est enfoncée dans une poche.

Sans nous adresser un mot, elle s'accroupit à côté de Solveig, la serre dans ses bras et passe ses doigts fragiles dans la chevelure flamboyante de la jeune fille. Elle murmure quelque chose juste pour elle, trop bas pour que j'entende de quoi il s'agit. La petite ne dit rien, elle regarde devant elle, crispée. Corynthe se redresse.

— Relève-toi, ma chérie.

Solveig ne se lève pas, elle recule, comme si elle cherchait à s'enfoncer dans l'accoudoir pour disparaître de la pièce. Ses lèvres tremblent, et quand elle sort de sa gorge, sa voix semble prête à se briser.

— Ne me touche pas. Tu me donnes envie de vomir.

Si Corynthe est ébranlée, elle ne laisse rien paraître. Elle sourit avec tendresse à sa fille et, du bout des lèvres, l'invite au silence.

— Shhhhht… Je sais que tu es en colère, et tu as de bonnes raisons de l'être. On pourra discuter de tout ça en tête à tête. Je n'ai rien à te cacher. Mais tu vois, pour l'instant, il y a des hommes armés dans notre maison – elle jette un regard noir vers nous – et il faut d'abord qu'on règle ce problème-là.

— C'est tes larbins, fous-les dehors.

— Ce ne sont pas mes larbins, ma chérie, plutôt des partenaires de travail. Et je crois que ça ne va pas être aussi simple.

— Richard… C'est ton idée ?

Une ombre fugitive passe sur le visage de Corynthe, et les années semblent la rattraper au galop. Elle efface ça d'un sourire.

— Non. J'ai tout fait pour que ça n'arrive pas.

La petite retient un sanglot.

— Qu'est-ce que tu as fait ? Il est mort !

Les sourcils de Corynthe se haussent, deux arcs nets qui marquent l'étonnement à la perfection.

— C'est horrible. Je suis sincèrement désolée. Je ne voulais pas que ça se passe comme ça. J'imagine que tu es ravagée de chagrin. Va te reposer dans ta chambre. Il faut que je parle à ces messieurs.

— Tu rêves. Si t'as rien à me cacher, je ne vois pas pourquoi je partirais.

Corynthe hausse les épaules.

— Comme tu veux. Relève-toi, alors, ne reste jamais par terre devant ce genre d'hommes. Et vous quatre, rangez votre artillerie et asseyez-vous. Nous allons discuter, comme des gens civilisés.

Les bras croisés et l'œil sévère, elle attend qu'on s'exécute. Penaud, Pedro passe son automatique dans sa ceinture et, la tête baissée, se carre dans un fauteuil. Bleiz pose son fusil contre le globe et s'installe sur un tabouret, juste à côté. Un mauvais rictus dévoile une canine jaune et pointue. Solveig replie les jambes. Corynthe s'assied délicatement à côté d'elle. Scarab prend place dans le fauteuil que j'occupais tout à l'heure. Et moi, je reste debout.

— Salut, Corynthe.

Je ne le jurerais pas, mais je crois bien qu'elle esquisse une amorce de sourire amusé en levant les yeux sur moi. On est plantés là, face à face, à se rappeler ce satané bon vieux temps, qu'était pas si bon que ça, à sonder l'épaisseur du mur qui s'est érigé entre nous, des questions plein la tête et la certitude qu'aucune réponse ne fera plaisir à qui que ce soit. Solveig nous regarde tous les deux, comme si elle essayait d'assembler les pièces d'un puzzle compliqué. Les autres se taisent, mais ils n'en perdent pas une miette. Corynthe finit par rompre le silence.

— Desmund Sasse. L'homme qu'on n'attendait pas. Viens t'asseoir.

— Je vais rester debout, si ça ne te dérange pas. Ça m'aide à garder les idées claires. T'es sûre que tu veux être là, Solveig ? Ce qui va se dire ici ne sera pas agréable à entendre.

Elle hoche gravement la tête.

— Je veux savoir comment cette bande de salauds va essayer de se justifier.

Bleiz recrache son martini. Scarab se marre. Les yeux de Pedro s'arrondissent. Corynthe pose une main sur la jambe de sa fille.

— Personne ne justifiera rien, ma chérie, il y a un temps pour chaque chose. Celle qui nous occupe, c'est de régler une situation compliquée. Tout le monde ici a commis des erreurs, ce qu'on doit faire maintenant, c'est trouver une issue satisfaisante.

Elle me cloue, Corynthe. Elle parle comme une vraie chef d'entreprise. Et ça ne me plaît pas beaucoup. Rien de ce que je vois ne me plaît, d'ailleurs.

— Il n'y a pas beaucoup à réfléchir, Corynthe. Le témoignage de Solveig innocente Richard. Toutes vos combines pour le mouiller ont capoté. Vous êtes foutus.

— Solveig est mineure, et elle peut revenir sur ses déclarations.

La gamine se redresse vivement, en dégageant la main de sa mère.

— Je ne le ferai pas. Jamais, tu m'entends ? Richard est mort à cause de vos magouilles.

Bleiz pose son verre. Il s'adresse à Corynthe comme si la petite n'existait pas.

— Il a raison, y a pas à tortiller. On efface ce connard et une bonne partie du problème est résolue.

Corynthe soupire. Scarab soupire. Je laisse échapper ce qui pourrait ressembler à un rire d'asthmatique.

— T'as été fini à la pisse de chien, Bleiz. Me descendre, ça te défoulera sans doute, mais ça ne changera rien à la question. Si Richard n'a pas tué Léo Cap, les flics vont être obligés de chercher qui l'a fait. Et ça veut dire qu'ils vont mettre le nez dans vos affaires. C'est justement pour éviter ça que vous leur aviez emballé

Richard. Et maintenant, il faut recommencer. Vous avez quelqu'un d'autre sous le coude à leur donner ?

— Et pourquoi ça serait pas toi, tête de nœud ?

Je les regarde tour à tour, en terminant par lui.

— Mais parce que, Bleiz, je suis le seul, ici, à avoir un alibi inattaquable. Quand Léo Cap est mort, j'étais en prison. Pendant que vous vous arrangiez pour faire porter le chapeau à Richard, parce que vous aviez appris qu'il vous cherchait des poux dans la tête, j'y étais encore. Quand quelqu'un a planqué le schlass dans son appartement, je prenais gentiment ma dernière tartine de pain rassis à la cantine de la taule. Non, ça ne marchera pas. Il vous faut une autre solution.

— Et bien sûr t'as une idée.

— Ça se pourrait, Bleiz. Et il faut bien que j'en trouve une si je tiens à ma peau, non ?

Mes yeux cherchent ceux de Corynthe, mais elle évite mon regard. Elle gamberge, son attention concentrée sur le fusil à pompe. Scarab, dans son fauteuil, a passé une main sous son sweat, comme s'il se grattait négligemment le ventre. Je fais quelques pas, en prenant l'air de réfléchir, en cherchant la meilleure position pour ne pas me retrouver au milieu d'un feu croisé. La vérité, c'est que j'essaie de gagner du temps. J'aimerais être ailleurs, loin de ce merdier inextricable. Tous autant qu'ils sont, ils méritent d'y passer. Ils ont entôlé Richard et, quoi qu'en dise Corynthe, ils l'ont fait d'un commun accord.

La petite lui a parlé de l'enquête de Richard. Corynthe a alerté les autres. Je veux me persuader qu'elle n'a pas pris la décision de le foutre dedans, que c'est une idée de Bleiz, ou de Scarab, qu'elle a tout fait pour s'y opposer. C'est ce que j'espère, mais j'en sais rien. La Corynthe que j'ai en face de moi, je ne la connais pas. Mais elle reste Corynthe et jamais je ne pourrai faire quoi que ce soit pour lui nuire. Je fais deux pas de plus, histoire de me placer devant Solveig. Juste au cas où.

— J'ai besoin de démêler tout ça. C'est toi qui as trouvé Léo Cap, Corynthe ?

Son visage se crispe.

— Il était déjà mort quand je suis arrivée.

— Je ne t'accuse de rien. J'essaie de mettre de l'ordre dans mes idées. Tu te pointes pour l'amener à votre rencard mensuel, et tu le trouves mort, c'est ça ?

La surprise qui traverse son regard n'a pas l'air feinte. Elle hoche la tête.

— Tu as touché à quelque chose ?

— Non… J'ai pris son pouls. Je n'en ai pas trouvé. Je suis repartie presque aussitôt.

— Et sur le chemin, t'as prévenu Bleiz.

Elle sourit en coin.

— Je déteste quand tu fais le malin.

— Je peux même te dire qu'il était pas tout à fait neuf heures quand tu l'as prévenu. J'espère que tu as eu la bonne idée de faire ça d'assez loin. Ou avec un téléphone de guerre.

En guise de réponse, elle me jette un regard courroucé. J'opte pour la seconde option.

— Là-dessus, vous faites votre petite réunion d'enfants de chœur. Vous décidez qu'il faut donner un os à la police pour qu'elle ne se lance pas dans une enquête trop fouillée. Vous décidez de faire d'une pierre deux coups en mouillant Richard.

Elle se redresse, le rouge aux joues.

— Tu dis n'importe quoi. Je ne savais rien pour Richard.

Je me demande si elle est sincère ou si elle tente de sauver les apparences devant la petite. Scarab et Pedro regardent leurs pompes. Bleiz ricane.

— Vous êtes une bande de faux derches. Je sais même pas pourquoi on écoute ce type déblatérer.

— C'est toi, alors, Bleiz ? T'as monté ça tout seul ? Franchement, ça m'épate. Je pensais que t'étais con comme une bûche, mais t'as quand même l'intelligence du vice, faut te reconnaître ça.

— Viens avec moi dehors, et je te ferai une petite démonstration. C'est une question de minutes, Sasse. Tu devrais économiser ta salive pour dire bye-bye.

Le temps d'un soupir, je suis tenté d'accepter son invitation, de le suivre à l'extérieur et de le rosser jusqu'à ce qu'il pleure des larmes de sang sur la pelouse. Bleiz est une brute, il est bon à effrayer les gamines et les caves, mais la violence et moi, c'est une vieille histoire. Si j'avais bu un verre de plus, je sortirais, et on se coltinerait jusqu'à plus soif. Ça ne résoudrait pas grand-chose.

— Peu importe qui a décidé quoi, en fin de compte. Le résultat est le même. Si vous ne leur donnez rien, les flics vont fouiner. À mon avis, vous n'avez pas vraiment le choix. Il faut que l'un de vous porte le chapeau.

Le rire qui s'échappe de la gorge de Bleiz ressemble à un coassement. C'est sec et désagréable.

— T'es un sacré numéro, toi.

— Vous vous cotiserez pour payer un baveux de compétition. J'en connais un bien. Après, c'est à vous d'accorder vos violons pour décider qui va plonger. Vous pouvez tirer à la courte paille si ça vous chante, je m'en cogne, mais à votre place, je me déciderais rapidement.

Le silence qui suit est lourd de sous-entendus. Scarab et Corynthe ont déjà choisi, ça se voit. Ça prend un peu plus de temps aux deux autres pour comprendre. Pedro ouvre la bouche, mais ce qu'il voulait dire reste coincé quelque part dans sa gorge. J'entends presque crépiter les méninges de Bleiz. Puis il hoche doucement la tête.

— Bande d'enculés. Vous allez me foutre dedans, hein ? Ce fils de pute est en train de vous monter le bourrichon. On est pas obligés de se couper une patte. Y a un tas de clampins, là, dehors, prêts à se faire baiser comme des caves.

Je récupère la bouteille de calva, regarde le liquide ambré s'agiter doucement, et je me retiens d'en boire un trait. De là où je suis, je peux voir, à travers la fenêtre, les phares d'une voiture balayer la rue plongée dans une obscurité lourde et épaisse. La voix de Corynthe est à la fois douce et ferme quand elle se décide à parler.

— Peut-être bien, Bleiz, que nous pourrions trouver quelque chose. Mais notre ami Desmund a mis une jolie pagaille dans nos projets, c'est quelque chose qu'il fait bien. Et vous n'avez pas géré ça avec beaucoup de finesse. Mettre le feu à un immeuble dans le centre-ville…

Bleiz s'emballe.

— C'était la planque de Merle, putain ! Des semaines de surveillance sur disque dur, t'aurais voulu que je fasse quoi ?

— N'importe quoi de plus discret. Et est-ce que tu peux m'expliquer ce qui t'est passé par la tête pour que tu penses que c'était une bonne idée d'aller enfermer ma fille – ma fille ! – au Pays des Merveilles ?

Bleiz lève les bras au ciel.

— Mais bordel, c'est incroyable. La gosse est sortie de chez Merle alors que les flics allaient débarquer d'une minute à l'autre. Fallait qu'on la mette au frais, en attendant que ça se tasse. T'as fait quoi toute la journée ?

— Le ménage. J'ai couru partout pour mettre les compteurs au propre.

— Tu parles. Vous nous avez laissés faire le sale boulot

pour pas vous salir les mains, comme d'habitude, et quand la merde commence à voler, vous nous tombez dessus.

Le pire, c'est qu'il n'a pas complètement tort, Bleiz. Lui et Pedro, c'est le bas de l'échelle. Et il vient seulement de réaliser ce que ça implique. Les organisations criminelles, ça fonctionne comme une boîte ou une administration. Les petites mains font le gros du boulot, reçoivent des miettes et sont les premiers à morfler quand ça part en sucette. C'est plutôt moche de voir Corynthe et Scarab se pavaner comme ces cadres, ceux qui palpent vraiment sans trop se mouiller, et décider de faire sauter un prolo pour couvrir leurs arrières. Avec mon aide. Ce qui l'achève vraiment, le Bleiz, c'est la trahison de son pote. Pedro se tasse un peu plus sur son siège, et d'une voix cassée, sans le regarder, il dit d'un trait :

— Je t'avais bien dit que c'était pas une bonne idée.

Au temps pour la solidarité de classe. Bleiz sait à ce moment-là qu'il est irrémédiablement baisé et qu'il lui reste deux options : accepter le sort qu'on a réglé pour lui ou tenter son va-tout pour essayer de se tirer de là. Il reste un instant les yeux plongés dans son verre de martini, en boit une gorgée du bout des lèvres et, brusquement, le balance à la gueule de Pedro. Il se jette sur le côté, attrape son fusil à pompe et avant que Scarab ait pu sortir le flingue qu'il cache dans son sweat, celui qu'il a récupéré en douce sur Bloke, Bleiz le crosse méchamment et braque le canon de son feu vers Pedro.

— Tu bouges un doigt de pied et je te fume, Pedro. Bande de bâtards. Vous voulez me baiser, hein ?! Après tout ce que j'ai fait pour vous ? Après toutes les merdes que j'ai réglées ? Et toi, salope, qui a protégé ton cul quand ton jules a calanché, hein ? Qui t'a aidée à reprendre ses affaires ? Vous êtes des guignols, des merdes sans couilles. Vous...

La détonation nous surprend tous. Elle n'est pas si forte, en fait, c'est un claquement assez sec, celui d'un petit calibre. À cette distance, ça ne fait pas beaucoup de différence. Le pruneau fait un petit trou sous son oreille. Mais il ne chute pas tout de suite. Le fusil tombe, d'abord, il rebondit sur la table basse et achève sa course sur le tapis. Bleiz ouvre la bouche, mais tout ce qui en sort, c'est un peu de sang. Pas beaucoup. Puis ses jambes cèdent sous lui, et il meurt à genoux, ses yeux ouverts rivés sur Corynthe.

Elle est toujours assise, des plaques rouges marbrent son visage pâle. Dans sa main droite, elle tient un petit revolver à canon court. Je dirais que c'est un browning, mais je n'en suis pas certain.

Solveig enfonce son poing dans sa bouche. Elle a envie de hurler. Je pose une main sur son épaule. Pedro ne bouge pas, il est hypnotisé par la gueule du revolver. Scarab prend appui sur le fauteuil pour se relever.

— Putain…

Corynthe est la première à sortir de la torpeur qui nous a tous saisis.

— Je n'avais pas le choix. Je… je n'avais pas le choix. Il allait nous tuer.

Personne ne répond. Peut-être bien que c'est vrai. Mais c'est quand même moche comme tout, un mort. Elle se lève, remet l'arme dans sa poche et se tourne vers Scarab.

— Allez-vous-en. Passez par-derrière.

— Mais…

— Dépêchez-vous. Et assurez-vous que personne ne vous voie.

Il traverse le salon en contournant largement le cadavre de Bleiz, toujours à genoux. Pedro quitte son tabouret, l'air complètement perdu, et lui emboîte le pas sans un dernier regard pour son camarade tombé au champ du déshonneur. Depuis la cuisine, des ahanements sourds nous parviennent. C'est que ça doit être un sacré morceau à trimballer, le gars Bloke. Quand la porte de la cuisine se ferme sur eux, Corynthe, enfin, se penche vers sa fille.

— Sol, ma chérie. Ma pauvre petite chérie.

— Je crois que je vais être malade.

Une pellicule de sueur recouvre le front de Solveig.

Son corps est agité de tremblements. Elle bondit du canapé et gagne les escaliers en courant. Je la regarde s'en aller, puis je porte toute mon attention sur Corynthe. Elle est impassible, droite comme la justice au milieu de ce salon qui l'a bousillée depuis l'enfance. Ses yeux se fichent dans les miens, aussi durs et froids que deux blocs de pierre. Je me demande comment elle en est arrivée là, comment la petite fille qui pleurait dans la cabane de jardin est devenue l'ordure que j'ai en face de moi. À quel moment elle a décidé que le seul moyen pour elle de ne plus être une victime consistait à devenir un bourreau. Et pourtant, malgré ce qu'elle est, malgré ce que je viens de voir, et malgré ce qu'on ne m'a pas dit mais que je devine, il y a toujours une partie de moi qui éprouve pour elle de la tendresse, une tendresse infinie et triste, mâtinée de dégoût, de culpabilité et du sentiment d'un immense gâchis.

Elle me détaille, sans gêne et sans pudeur.

— T'as pas trop changé, Desmund. Quelques kilos en plus, peut-être, mais tu t'en sors bien. Je ne pensais pas te revoir un jour.

— Moi non plus. Ça m'a pris du temps, mais j'ai fini par me faire une raison. À tort, visiblement. Le destin est blagueur et il a un sens de l'humour dégueulasse. Solveig…

— Elle s'en remettra. Elle est forte.

Sans que j'y mette la moindre intention, je me rends compte que je me mets à murmurer.

— Corynthe, j'ai tellement de questions à te poser que je sais pas par où commencer.

Elle hausse les épaules. Je ne sais pas trop si elle fait ça pour me dire que ça n'est pas son problème ou que j'ai carte blanche. Et je n'ai pas le temps de pousser plus loin.

Une portière claque à l'extérieur. À travers la fenêtre, j'aperçois une silhouette sombre qui s'avance vers le portail.

— C'est Justin.

— C'est toi qui l'as appelé ?

— Non. Je crois que c'est Solveig.

Je me penche et récupère le téléphone sous le canapé.

— Elle a dû le prévenir quand les autres ont débarqué dans la cuisine. Tu vas lui dire quoi ?

— La vérité. Bleiz a tué Léonard Caprian et a voulu faire accuser Richard. Quand il a appris que Solveig pouvait l'innocenter, il est venu ici pour la menacer. Il était armé, je l'ai abattu. C'est de la légitime défense.

— Et tu penses t'en sortir comme ça ?

— Tu comptes m'en empêcher ?

Je ne sais pas si sa question contient une menace larvée. À vrai dire, je ne le pense pas, et en plus, je m'en fous. Corynthe me connaît bien, sans doute mieux que personne. Et elle sait. Elle sait que je serais infoutu de faire quoi que ce soit contre elle, même si je le voulais.

Alors elle me laisse au milieu du salon, et elle va ouvrir la porte à mon pote, à son beau-frère, au chef de groupe de la PJ, je ne sais pas très bien lequel se tient sur le perron.

17

Justin

But I can't stand rockin' when I'm in this place
Because I feel disgrace because you're all in my face

Sabotage, BEASTIE BOYS

Le ciel commence à s'éclaircir quand Justin Brincourt gravit les quelques marches qui le séparent de la vaste maison. Il écrase un bâillement en consultant sa montre. Il est près de cinq heures. Dans moins d'une heure, le soleil va se lever, et une nouvelle journée va débuter et charrier son lot d'emmerdements. Il sort son arme de service. Le message de Solveig n'était pas très rassurant. *Hommes armés à la maison.* Il aurait dû venir avec des renforts, alerter son équipe, faire appel à un groupe d'intervention. Mais il ne sait ni ce qu'il va trouver à l'intérieur ni à qui il peut faire confiance. Pas à Monigote, c'est certain.

Derrière la vitre du salon, une lumière feutrée joue dans la tignasse rousse de Desmund. Il n'a pas l'air plus affolé que ça.

Au moment où la main de Justin se pose sur la poignée de la porte, le battant s'écarte, et Justin se demande quand même s'il n'a pas péché par imprudence. Puis le visage de Corynthe apparaît, pâle, l'œil sombre, les traits tirés. Elle lui tombe dans les bras.

— Oh, Justin, c'est horrible !

Il ne sait pas si c'est du lard ou du cochon. Il la connaît bien, Corynthe, depuis plus de vingt ans. Mais il joue le jeu, pour tout un tas de raisons, certaines bonnes, d'autres mauvaises. Ça fait un bon moment que la frontière est devenue floue et poreuse.

— Est-ce que ça va, Corynthe ? Où est Solveig ?

— Elle est là-haut, tout va bien, mais on a eu très peur. Cet homme... Il était fou furieux. Il a failli tuer Desmund, il allait nous abattre. Je... Je n'ai pas eu le choix.

Justin l'écarte doucement et entre. Dans les ténèbres du couloir, il avance vers le petit salon. Il fait sauter le cran de sûreté de son arme.

Puis il embrasse toute la pièce d'un seul regard : la table basse, le canapé, les fauteuils, le bar globe terrestre ouvert, la lueur diffusée à travers un abat-jour de papier suspendu au plafond, l'homme agenouillé, les yeux ouverts, rivés à un coussin écrasé, le filet vermeil qui coule du trou sous son oreille et sur ses lèvres sèches, le fusil à pompe à ses côtés, le verre brisé au sol, ses éclats éparpillés dans une petite flaque de liquide d'où s'échappent des fragrances de vanille et d'épices, qui ne suffisent pas à couvrir celles, plus fortes, de la poudre, du sang et de la fumée de la cigarette sur laquelle pompe nerveusement l'autre occupant – vivant – de l'alcôve. Son visage est renfrogné, couvert de bleus et de traînées écarlates, plissé comme celui d'un vieillard.

— Salut, Justin. Tu peux remballer ton calibre, je crois.

Brincourt enclenche la sûreté et fait disparaître son automatique dans le holster qu'il porte à la ceinture.

— C'est toi qui l'as descendu ?

Desmund secoue la tête de droite à gauche. Ça ne veut pas signifier grand-chose, pas vraiment oui, pas vraiment non, peut-être qu'il en a juste marre. Corynthe arrive, elle sort de la poche de son pantalon un revolver sombre, de petite taille, et le lui tend.

— C'est moi. Il nous menaçait, Justin. Il pointait son arme sur Solveig. Je n'ai pas eu le choix.

Brincourt enfile une paire de gants de latex blancs. Il récupère l'arme du bout des doigts, renifle le canon.

— Ça vient d'où, ce truc-là, Corynthe ?

— Il appartenait à Sébastien. C'est une arme de collection.

— Pourquoi tu portes un truc pareil ?

— Ce taré menaçait ma fille, Justin ! Ma fille ! Il s'est introduit chez moi, chez nous. Regarde dans quel état il a mis Desmund ! J'ai essayé de le calmer, mais il ne voulait rien entendre.

— Où est Solveig ?

— Elle est là-haut. Écoute, elle est choquée, laisse-la tranquille.

— Je ne peux pas, Corynthe. Pour son bien et pour le tien, il faut que j'entende ce qu'elle a à dire. Et qu'est-ce qu'il lui voulait, à ta fille ?

— Il a tué Léonard Caprian. Il nous l'a dit. C'est lui qui a maquillé les preuves pour faire accuser ce type que vous avez embarqué. Alors quand Solveig a établi son alibi, il a voulu…

Brincourt n'arrive pas à retenir une grimace de malaise. Tout ça pue à des kilomètres. Il en a marre que tout le monde lui mente.

— Je veux lui parler.

— Demain. S'il te plaît. Elle m'a vue tuer un homme, tu crois qu'elle est en état de parler à un flic ?

— Elle sera en état de discuter avec son oncle.

— Je refuse. J'appelle mon avocat.

— Corynthe…

— Ça va aller, maman. Je vais parler à Justin.

Solveig est au milieu des escaliers, appuyée à la rampe. Elle descend les dernières marches avec prudence, d'un pas hésitant, et les rejoint.

— Ils sont… il est entré par la cuisine, je crois. Quand Desmund m'a ramenée, je me suis endormie sur le canapé. Ce sont les bruits qui m'ont réveillée. Des cris, des coups. On se battait à côté. C'est là que je t'ai envoyé le message, avec son téléphone. Après, ils sont venus dans le salon. J'ai fait semblant de dormir.

— Qui est arrivé dans le salon ?

Solveig se tait. Elle jette à sa mère un regard plein de morgue, dans lequel Justin lit quelque chose qui ressemble à de la haine et du mépris. Puis elle cherche le regard de Desmund, qui hausse les épaules, lui adresse un sourire et sort de la pièce.

— Tu vas où, Desmund ?

— Faire du café.

— Bonne idée. Continue, Solveig. Qui est arrivé ?

— Desmund et Bleiz. Il hurlait dans tous les sens. Et ma mère est rentrée. C'est comme elle a dit. Elle a essayé de le raisonner. Il était comme fou. Il a pointé son fusil vers moi. Elle lui a tiré dessus. Il est mort.

Brincourt prend la base de son nez entre l'index et le pouce.

— Corynthe... Tu es arrivée à ce moment-là ? Tu venais d'où ?

— De Saint-Malo. J'ai été retenue par le boulot. Je devais passer la nuit là-bas, mais je ne parvenais pas à joindre Sol. Alors je suis rentrée.

Justin soupire. Avec Corynthe, rien n'est jamais simple.

Deux heures plus tard, le balai de la procédure criminelle bat son plein. Pendant qu'un flic entend Corynthe et sa fille, Brincourt prend la déposition de Desmund.

— Donc tu confirmes tout ça ?

— Mot pour mot. J'ai signé ce putain de P-V, non ?

— Tu l'as signé, oui. C'est clair comme de l'eau-de-vie. Trop clair.

Desmund allume une nouvelle cigarette, il recrache la fumée par le nez.

— Pas tant que ça. Il y a un trou dans ton dossier.

— Tu crois m'apprendre quelque chose ? Des trous, dans cette histoire, il y en a tellement qu'on ne voit plus que les coutures. Heureusement que personne ne pleurera sur Bleiz Bradrouk.

— C'est sûr, et ça vaut mieux pour vous. Mais quelqu'un posera bien la question qui gêne à un moment ou à un autre.

Brincourt hausse les sourcils.

— Tu veux parler du couteau ?

— Oui. Il va bien y avoir un petit malin pour se demander comment Bleiz l'a flanqué chez Richard.

— Il sera entré en douce pendant la nuit. C'est ce qu'on dira. Mais je n'ai pas besoin que tu m'engueules encore pour savoir que ça vient de chez nous.

Desmund, pour une fois, a l'air sincèrement surpris. Justin enchaîne.

— Monigote. C'est lui qui a trouvé l'arme chez Merle. Si personne n'est entré avant nous, c'est qu'il l'a mise là. Bleiz a dû la lui donner.

Desmund écrase son mégot dans une tasse qui dégueule de cendres, et il se lève.

— On a fini ?

— C'est tout ?

— C'est tout ce que j'ai à dire.

Justin actionne sa vapoteuse, il aspire goulûment la vapeur, qu'il recrache en petits ronds concentriques.

— Tu penses toujours que je suis une planche pourrie, hein ?

— Ce que je pense n'a aucune importance, mon vieux. Tu sers des deux mains depuis trop longtemps pour distinguer ce qui est juste de ce qui ne l'est pas. Tu t'es mis à tricher avec ta conscience dès que t'es entré chez les flics. Ça a commencé par Farid, et ça nous ramène loin en arrière. Tout ça, c'est de l'histoire. Je suis pas ton ennemi, Justin, et quoi que tu sois devenu, contrairement à ce que tu t'es mis dans la tête, je suis ton pote, et peut-être bien ton seul ami. Tu le sais au fond de toi. C'est sans doute la raison pour laquelle tu m'as demandé de t'aider, avec tes manières de gros con. J'ai failli y passer deux ou trois fois cette nuit, et au final, c'est pas bien grave, parce que je suis un type oubliable, et que je ne manquerais pas à grand monde si je passais l'arme à gauche. Tu m'as menti, je t'ai donné le change, on peut se dire qu'on est quittes. Mais tu te mens à toi-même si tu crois un seul instant que tu vas réussir à sortir de tout ça la tête haute. Richard est mort, Justin. Et ça, je ne te le pardonnerai jamais. Tu savais qu'il était innocent. Ce môme n'a jamais eu de veine. Et toi, tu l'as laissé se faire baiser une fois de plus. La fois de trop. Pendant que tu m'envoyais patauger dans la merde que t'es incapable de gérer, tout flic que tu sois, parce que Léo Cap était copain avec trop de monde, parce que son pognon dégueulasse, c'est celui qu'on prend aux misérables pour le coller dans les poches des brochettes d'enculés qui décident qui tu dois foutre en cabane, pendant que tu ménageais tes états d'âme en m'envoyant comme un clébard dans un jeu de quilles, quelqu'un a assassiné ce pauvre gosse. Il a crevé tout seul, au fond d'une cellule grise où il n'aurait jamais dû se trouver. C'est pas toi qui lui as passé la corde autour du cou. Tu peux toujours te rassurer avec ça, mais c'est toi qui l'as remis aux mains de son assassin, probablement un autre pauvre type foutu d'avance, piloté à distance par…

Et il s'arrête. Quelque chose claque dans le ciel, et un morceau de glace gros comme un œuf de pigeon rebondit contre la vitre. Un deuxième suit, et bientôt une rafale laiteuse s'abat sur le jardin dans un bruit assourdissant.

— Piloté par qui, Desmund ?

— J'en sais rien. Mais je trouverai, ne t'en fais pas. Je ne compte ni sur toi ni sur ta police pour ça. Je peux te demander de passer un message ?

— Peut-être. Ça dépend quoi, et à qui.

— À Solveig. Dis-lui qu'elle sait où me trouver si elle a besoin de quoi que ce soit. Et que je suis désolé.

— Et Corynthe ?

Desmund pioche une autre cigarette écrasée dans son paquet tordu. Il se la carre au coin des lèvres. Ses yeux sont gonflés, et pas seulement par la fatigue. Il craque une allumette, l'approche de son visage, et enflamme tabac et papier en aspirant.

— Qu'elle aille au diable.

Après avoir jeté le petit bâtonnet consumé, il quitte la pièce. Justin le regarde s'éloigner dans le couloir. La porte s'ouvre sur le déluge. Il pousse un long soupir et sort sous la mitraille de la grêle.

18

Élise

> *I tried and I tried to run and hide*
> *I even tried to run away*
>
> *Funnel of Love*, WANDA JACKSON

Le staccato furieux des billes de glace arrache Élise Archambault à la torpeur somnolente dans laquelle elle s'est enfoncée. Elle est rentrée chez elle quelques heures plus tôt et, sans même enlever son imper, elle a regardé ce qui restait de la vidéo. Les yeux rivés sur les allers et retours des uns et des autres, elle a senti monter en elle cette peur diffuse qui ne la quitte pas depuis deux nuits. Et elle s'est assoupie, écrasée par une fatigue tenace, incrustée, une fatigue qui tient autant de l'épuisement nerveux que de la lassitude physique.

Les quelques pas qui la séparent de la kitchenette lui semblent aussi longs qu'un semi-marathon. Elle verse de l'eau dans le réservoir de la machine à café, rince le filtre et le remplit d'arabica. Dans le glouglou de l'eau qui se fraie un chemin goutte à goutte, la jeune femme ouvre la fenêtre. Le jour est levé depuis un bon moment. La giboulée printanière a chassé tous les badauds, et la rue, couverte d'un tapis de grêlons blancs, immaculée, est vide de toute présence humaine. À travers d'épais nuages gris qui partent en lambeaux, quelques rayons d'un soleil insolent se faufilent et viennent rebondir sur le revêtement opalin que la météo capricieuse a déposé sur le bitume. Des reflets éclatants explosent de lumière, et ses yeux gris se plissent face à une clarté qui tutoie les limites du supportable.

L'air s'est rafraîchi, et une petite brise balaie ses cheveux défaits. Elle jette son imper sur une chaise, enlève son chemisier et, vêtue d'un simple débardeur, goûte la morsure du vent sur sa peau.

Le lit de glace craque sous des pas en contrebas. Pardessus son bras à l'épiderme horripilé, elle l'aperçoit. Il est grand, il est roux, il est couvert de bleus et trimballe son vieux manteau esquinté sur l'épaule, tache noire sur la banquise éphémère. Un nouveau pansement orne son front barbouillé de teinture d'iode. Ils échangent un regard silencieux, elle en haut de sa tour sombre, lui sur le trottoir jonché d'ivoire.

Elle réprime un tremblement quand il pénètre doucement dans le hall de son immeuble. Son cœur s'emballe, une sueur froide baigne ses tempes. Elle expire longuement pour tenter de dénouer ses muscles tendus.

Élise Archambault trouve deux tasses propres, les dernières, et les remplit de café. Est-ce qu'il prend du sucre ? Elle pense que oui et glisse deux pierres brunes dans le liquide brûlant. Elle a encore le temps de rincer une petite cuillère avant qu'il ne toque à la porte, deux coups légers, effleurement de phalanges sur le bois verni.

C'est l'heure.

Les tasses fumantes posées sur la table basse, elle va lui ouvrir. Il grimace un sourire, hésite sur le paillasson.

— Je peux entrer ?

La jeune femme s'efface pour le laisser passer. Il jette sa pelure sur le dossier du fauteuil de bureau et attend, debout, qu'elle s'installe dans un coin de la banquette. Du menton, elle lui désigne un pouf en face d'elle. Il secoue la tête et, après un instant, s'affale plus qu'il ne s'assied à l'autre bout du sofa suédois au nom imprononçable. Il pointe un doigt vers le mug frappé des couleurs d'une quelconque compagnie d'assurances.

— C'est pour moi ?

— Tout chaud, avec deux sucres. Je te laisse le plaisir de touiller.

— Je peux fumer ?

En guise de réponse, elle attrape son paquet de cigarettes, anonyme et balafré par une horrible photo, en sort deux tiges qu'elle allume avec un petit briquet vert pomme. Elle lui en tend une et pose sur la table un cendrier en porcelaine qui traînait sur le lino chiné.

La cuillère tinte à un rythme irrégulier, puis il boit une gorgée de café.

— C'est fini.

Elle ne répond pas. Une boule brûlante lui torture le ventre. Elle réprime un haut-le-cœur. Sa voix à lui est calme, lente, posée, quand il reprend.

— Bleiz est mort. Je ne dirai pas que j'y suis pour rien, mais je n'ai pas appuyé sur la détente. Je te passe les détails, sauf si tu les veux.

— Continue.

— La version officielle, c'est qu'il a descendu Léo Cap, puis qu'il a monté de toutes pièces une carambouille pour faire accuser Richard, parce qu'il avait appris que le gamin fourrait le nez dans ses affaires. Quand Solveig a fourni un alibi, il s'est pointé chez elle pour lui mettre la pression, ou la tuer, on ne sait pas très bien. Il a avoué le meurtre de Léo Cap, et Corynthe, la mère de la petite, l'a abattu. Fin de l'histoire.

Élise hoche la tête. Elle veut inspirer profondément, mais un poids trop lourd opprime sa poitrine.

— Et c'est tout ?

— À peu près. Corynthe joue la légitime défense. La gosse confirme. Elle peut en penser ce qu'elle veut, on n'a quand même qu'une seule mère. Une femme seule, une gamine, un délinquant multirécidiviste, ça tiendra. Le Pays des Merveilles continuera ses petites affaires, ils trouveront bien un gros bras quelconque pour remplacer cette tête de nœud de Bleiz. Ils vont quand même être obligés de mettre la machine à laver en pause, j'imagine. Au moins le temps de rétablir le circuit. Des pourritures comme Léo Cap, c'est pas particulièrement une espèce rare, mais il va falloir trouver le bon cheval.

Il se tait, songeur. Elle suit du regard la course lente d'un morceau de cendre ballotté par un courant d'air sur la surface unie de la petite table. Et parce qu'elle sent bien qu'il attend qu'elle dise quelque chose, elle le fait.

— Et la version non officielle ?

— Léo Cap était déjà mort quand Corynthe est venue le chercher pour leur rendez-vous mensuel. Elle a prévenu les autres. Ils se sont vite mis d'accord. Il fallait qu'ils donnent rapidement un coupable à la police, pour lui épargner une enquête longue et fastidieuse qui aurait pu mettre au jour un sacré paquet de saloperies. Quelqu'un, je ne sais pas qui, peut-être bien Bleiz, a décidé que Richard porterait les cornes. Lui aussi pouvait leur attirer des ennuis. Ça réglait deux problèmes d'un coup. Bleiz est allé sur place. Il a semé des indices pour planter le gamin. Il a dû récupérer le schlass et le refiler à un flic, Monigote, pour qu'il le « trouve » chez Richard.

— Monigote ? Ils ont des flics ?

— J'en sais rien. Soit c'est une planche pourrie, soit ils le tiennent d'une manière ou d'une autre.

Le morceau de cendre bascule dans le vide et disparaît dans un coin. Élise voudrait qu'il s'en aille, ou qu'il arrête de parler, ou qu'il crève l'abcès. Comme s'il avait suivi le cours de ses pensées, il plante son regard dans le sien et, avec beaucoup de douceur, il murmure :

— Tu devrais me le dire. Tu vas devenir cinglée à garder un truc pareil pour toi. Crois-moi. Je parle d'expérience.

Élise est tétanisée. Elle croise les bras, très serrés, recule vers l'accoudoir. Les muscles de ses jambes et de son dos sont raides à lui faire mal. Elle laisse aller sa tête en arrière sur le dossier et, les yeux rivés au plafond, elle cherche ses mots.

— Depuis combien de temps tu sais ?

— Quand tu m'as raconté que Richard était ton client, qu'il t'avait embauchée pour trouver mon numéro, je savais déjà que Marv le lui avait donné. Tu devais avoir une bonne raison de me mentir, et de me suivre.

— J'ai dû improviser. Le gros de mon boulot, je le fais pour des compagnies d'assurances. Vol, incendie, accidents de voiture, n'importe quel sinistre. Comme j'ai passé un peu de temps dans la financière, je prends aussi quelques dossiers de risque fiscal. C'est assez technique, mais ça me botte. Ça me permet d'approcher certains types vraiment haut placés, ce genre de clients qui échappent toujours au regard officiel. On nage en pleine zone grise de la criminalité non judiciarisée. C'est là que se cachent de vrais salauds sous les apparences de la plus parfaite respectabilité. Bref, j'ai récupéré plusieurs affaires foireuses dans lesquelles, à un moment ou à un autre, le nom de Caprian ressortait.

— Maintenant qu'on sait qu'il trempait dans le blanchiment, c'est pas très étonnant.

— C'est juste. Et c'est déjà l'idée que je me faisais. J'ai voulu le confronter pour coincer un type qui gravite bien au-dessus de lui. Une vieille rancune que je traîne depuis longtemps, si tu veux. C'était une erreur. J'avais des billes, mais pas assez pour le tenir en joue. Je crois qu'il a eu peur. Je ne sais pas comment ça s'est mis à déraper, mais on en est venus aux mains. Quand il a essayé de m'étrangler, j'ai attrapé le premier truc que j'ai trouvé.

Elle ferme les yeux et ne cherche plus à cacher ses tremblements.

— Et je l'ai frappé. Il est resté immobile, d'abord, le souffle coupé par la douleur. Je l'ai repoussé, et il est tombé à la renverse dans son fauteuil, sans un mot. Je lui avais flanqué un coupe-papier en plein cœur. Je l'ai tué.

Sa voix étonnamment calme la surprend. Deux larmes coulent depuis le coin de ses yeux vers les arêtes de ses mâchoires, et poursuivent leur course le long de son cou.

— Un coupe-papier ? Ils ont trouvé un *push dagger* chez Richard.

— Qu'est-ce que c'est que ça ?

— Un genre de poing américain avec une lame. Un truc de viandard.

— C'était un coupe-papier. Je l'ai pris en partant. Je l'ai jeté dans le canal.

— Alors ils ont piqué Caprian avec un machin à eux. Pour être certains de plomber Richard. Plutôt retors.

Elle finit par se redresser. Les coudes posés sur les genoux, Élise allume deux nouvelles cigarettes.

— Je suppose que tu vas prévenir ton pote Brincourt.

Il accepte la clope et semble réfléchir, vautré sur le canapé.

— Ça ne m'est même pas passé par la tête, figure-toi. Non, je ne vois pas pourquoi je ferais un truc pareil. Plus maintenant que Richard est mort.

— C'est ma faute.

— Ôte-toi ça de l'esprit tout de suite. T'as tué Léo Cap, très bien. Si ce monde n'allait pas si mal, on devrait te filer une médaille pour avoir effacé cet enculé. Tu crois en savoir long sur lui, c'est rien. Il avait du sang sur les mains, et si on se mettait à compter les vies qu'il a brisées, ça te filerait le vertige. N'empêche, oui, tu l'as tué, et tu vas devoir vivre avec ça. Mais tu n'as pas envoyé Richard en cabane. Tu ne l'as pas pendu dans sa cellule. Le sort de Richard était scellé à partir du moment où il a mis le nez dans leurs affaires. Ils l'auraient tué de toute manière.

Élise constate avec dépit que sa cigarette est éteinte et sa tasse vide. Elle se lève, les raideurs qui ankylosaient son corps se sont amenuisées. Elle parcourt lentement la distance qui la sépare de la fenêtre et la ferme. À l'extérieur, les grêlons ont fondu et l'asphalte nettoyé par ce déluge à échelle réduite luit sous le soleil franc qui vaporise les filaments cotonneux s'effilochant dans un ciel où plus rien ne les retient. Un peu plus loin, vers la place qui borde le fleuve, un groupe de manifestants s'amasse pour aller protester contre les nouvelles formes qu'essaient de prendre les mêmes injustices séculaires. Sur l'avenue, plusieurs voitures sérigraphiées bloquent la circulation pour laisser passer un convoi de fourgons qui s'arrête en bas de l'esplanade et y déverse ses légions de CRS anonymes, gardiens de la paix prêts à la faire régner à coups de matraque et de grenade lacrymogène. Le monde reprend sa ronde monotone, indifférent, il s'en fout bien, le monde, de la mort d'un Léo Cap, d'un Richard ou d'un Bleiz, des états d'âme d'une meurtrière, des élucubrations d'un ancien taulard. Le jour lui appartient, au monde. Les gens comme eux, il ne leur reste que la nuit, pour exister, pour subsister et se débattre dans les bordures d'une substance aux contours flous, d'une réalité qui se permet de vaciller entre le crépuscule et l'aube.

— Ça va encore barder aujourd'hui.

Il ne répond pas. Élise se retourne et le découvre endormi, avachi sur la banquette. Sa cigarette s'est consumée sans lui, et un petit tas de cendres forme un monticule gris clair sur son t-shirt noir. Elle s'approche, retire le mégot et souffle sur la cendre qui s'envole en formant un nuage indistinct. Elle ramasse les tasses, veut les mettre dans l'évier, avec les autres, et se ravise. Elle se dit que ça serait bien d'avoir au moins de quoi prendre un café quand ils se réveilleront. Elle rince deux récipients et, sur sa lancée, elle expédie le reste de la vaisselle en piquant du nez. Elle sent le sommeil la gagner, un vrai sommeil.

Alors elle essuie ses mains dans un torchon à peu près propre et tire les rideaux. Sans faire de bruit, elle va chercher deux couvertures dans sa chambre et revient dans le salon. Elle recouvre Desmund comme elle peut avec la première. Puis elle s'installe de l'autre côté de la banquette, les pieds sur les coussins. Elle s'enveloppe dans un plaid rouge et se laisse aller contre le dossier en regardant ce type étrange assoupi chez elle. Puis elle ferme les yeux et, finalement, elle s'endort.

Épilogue

If I go there will be trouble
If I stay it will be double

Should I Stay Or Should I Go,
THE CLASH

Je somnole dans la pénombre, vaguement conscient de me trouver quelque part où je ne me sens pas vraiment mal. Un rayon de soleil réussit à se faufiler entre les rideaux tirés et vient se poser sur mon œil, achevant de me tirer du sommeil. Je me réveille courbatu, avec des tas de petites douleurs vicelardes qui me lancent un peu partout et une migraine teigneuse en cours de déploiement à l'arrière du crâne. Je me demande un instant si j'ai pas repiqué, et puis je me rappelle où je suis.

Je me lève avec mille précautions, en essayant de ne pas bousculer Élise, qui dort à côté de moi. Vu mon état, je ne m'en tire pas trop mal.

Je voudrais la réveiller, pourtant, la sortir de l'endroit

où elle se trouve en ce moment, la ramener vers la lumière. J'ai envie de lui dire que ce n'est rien, que tout va bien se passer. Ça ne changerait pas grand-chose à la question. Elle l'a tué, de près, et c'est toujours sale, répugnant, et ça vous pollue l'existence. On garde ses morts avec soi, on les garde longtemps, ils vous appartiennent. Tous. Un bataillon de cadavres est tapi derrière mes paupières, je me souviens de chaque nom, de chaque visage, du voile qui a assombri chaque regard quand leur dernière flamme de vie a été soufflée.

Je me demande si Corynthe va être hantée, elle aussi, par le fantôme de Bleiz, et jusqu'où, à force de piétiner son âme et de la tordre dans tous les sens, elle a réussi, finalement, à museler sa conscience.

Et comme toujours, quand je pense à Corynthe, une violente envie de me barrer pointe le bout de son nez et se répand, comme une humeur maligne qui galope hors de l'ombre pour me cracher mes échecs à la gueule. Ça serait facile, mon sac à dos est prêt.

Si je pars, ça va être le retour de la folie. Et si je reste, ça sera peut-être pire encore.

Dans la cuisine, je lance un café et, pendant qu'il passe, j'avale deux cachets avec un verre d'eau. Par la fenêtre, je vois les toits de Morclose scintiller sous le soleil de juin pendant qu'au sol la vie ordinaire a repris ses droits. Une bande de lycéens chante le refrain débile d'un tube idiot. Un clodo fouille tranquillement le container à ordures d'une supérette. Une guitare prend l'air sous les doigts d'un bonhomme entre deux âges assis sur l'un des rares bancs qui restent encore dans cette foutue ville. Ma ville.

Plus loin, là-bas, au nord-est, Solveig est peut-être dans son lit, en train de dormir, elle aussi. Ou elle est debout, à contenir ses larmes et sa saine colère en face de Corynthe. De sa mère, quoi qu'elle ait fait.

Et quelque part dans les artères de Morclose se terrent Scarab, Bloke, Pedro, et des tas de types plus méchants qu'eux. Leurs mains sont sales de la mort de Richard. C'est ma ville, ils ne pourront pas se planquer indéfiniment. Chaque chose en son temps.

Je délaisse la rue et, les mains dans les poches, je regarde à nouveau le séjour plongé dans l'obscurité. Élise dort sur le canapé, recroquevillée sous sa couverture. Elle a peut-être pris une vie, mais elle a sauvé la mienne, deux fois. D'aussi loin que je me souvienne, et j'ai une sacrée bonne mémoire, personne n'a jamais fait ça. Ma peau, c'est pas grand-chose, mais ça devrait quand même compter, question karma. Là aussi, il faudra avancer un jour à la fois.

Le café est prêt.

Ex-voto

Parce qu'une histoire, bonne ou mauvaise, on ne l'écrit jamais tout seul, même si l'on en est le scribe, et qu'il serait sacrément cuistre de ne pas rendre hommage à ceux qui y ont participé, d'une manière ou d'une autre, parfois sans le savoir, je tiens à exprimer toute ma reconnaissance et mon infinie gratitude :

À Link Wray, parce qu'il a eu l'idée géniale de crever la membrane de son ampli et d'inventer la distorsion.

À Stéfanie Delestré, mon éditrice, pour son sens du détail, son regard singulier et sa patience.

À Fred, bien sûr, qui autant que moi a peuplé Morclose quand elle portait son nom de jeune ville.

À Oriana, qui réussit toujours à « mettre du problème là-dedans » et à faire surgir des questions que je ne me posais pas.

À Donat, dont l'œil absolu vous repère une fausse note dans un champ en friche.

À Éric, pour sa lecture acérée, ses retours sans gants et son amitié.

À Jean-Pierre et Marie-Claire, pour les pages qui sont nées dans la quiétude armoricaine.

À Jean-Marc, à Véro, et à leur Salamandre, qui ont toujours cru à mes sasseries.

À Micheline, Laura, Aria et Gherwyn, vous savez pourquoi.

DU MÊME AUTEUR

Aux Éditions Gallimard

LES AIGLES ENDORMIS, Série Noire 2020 (Folio Policier nº 932).

Chez d'autres éditeurs

CES VICES... : JOURNAL DE DESMUND SASSE, La Salamandre liseuse, 2018.

Déjà parus dans la même collection

Mike Nicol, *Infiltrée*
Chantal Pelletier, *Sens interdits*
J.P. Smith, *la médium*
Raf Vallet, *Mort d'un pourri*
Raf Vallet, *Adieu poulet !*
Jacques Moulins, *Retour à Berlin*
Jo Nesbø, *Leur domaine*
Chang Kuo-li, *Le sniper, son wok et son fusil*
Deon Meyer, *La femme au manteau bleu*
William Lindsay Gresham, *Nightmare Alley*
Jørn Lier Horst, *Le code de Katharina*
Olivier Barde-Cabuçon, *Le cercle des rêveurs éveillés*
Thomas Cantaloube, *Frakas*
Marin Ledun, *Leur âme au diable*
Jean-Bernard Pouy & Marc Villard, *La mère noire*
Parker Bilal, *Les divinités*
Pierre Pelot, *Les jardins d'Éden*
Dolorès Redondo, *La face nord du cœur*
Sébastien Raizer, *Les nuits rouges*
William R. Burnett, *Good-bye, Chicago 1928*
William R. Burnett, *Little Caesar*
Jacques Moulins, *Le réveil de la bête*
Deon Meyer, *La proie*
Jean-Patrick Manchette, *L'affaire N'Gustro*
Jørn Lier Horst, *Le disparu de Larvik*
J.-P Smith, *Noyade*

Dror Mishani, *Une Deux Trois*
Sébastien Gendron, *Fin de siècle*
Parker Bilal, *La cité des chacals*
Vlad Eisinger, *Du rififi à Wall Stree*t
Danü Danquigny, *Les aigles endormis*
Neely Tucker, *Seules les proies s'enfuient*
Marc Villard, *Barbès Trilogie*
Caryl Férey, *Paz*
Mike Nicol, *L'Agence*
Jo Nesbø, *Le Couteau*
Tom Piccirilli, *Dernier murmure dans le noir*
Bryan Reardon, *Le vrai Michael Swann*
Chantal Pelletier, *Nos derniers festins*
Marin Ledun, *La vie en rose*
Elsa Marpeau, *Son autre mort*
Jørn Lier Horst*, L'usurpateur*
Patrick Hoffman, *Chaque homme, une menace*
Éric Maravélias, *Au nom du père*
Thomas Cantaloube, *Requiem pour une république*

Composition : APS-ie.
Achevé d'imprimer
sur Roto-Page
par l'Imprimerie Floch
à Mayenne, le 25 janvier 2022.
Dépôt légal : janvier 2022.
Numéro d'imprimeur : 99788.

ISBN 978-2-07-296745-0 / Imprimé en France.

402544